庫

渋谷署強行犯係

宿闘

今野　敏

徳間書店

卒土《そと》――対馬《つしま》の厳原《いづはら》町豆酘《つつ》の東の浦である浅藻《あざも》の俗称。鬼神を祭る忌み地で、ここを通るときは口をきかぬように草を口にくわえなければならないと伝えられている。韓国にも、同音の蘇塗《そと》という忌み地があり、関連が深いといわれている。

1

「いやはや、何とも派手なパーティーだね……」

有力ネットワークのキー局につとめるプロデューサーが、まんざらでもない表情で高田和彦に言った。

「景気づけですよ」

中堅芸能プロダクションの代表取締役である高田和彦はこたえた。「こう景気が悪いと、私らみたいな中小企業はたまらない……」

「よく言うよ。俺たちの足もと見てはギャラをふっかけ、地方の営業でまたがっぽりと儲《もう》けてる。そうだろう?」

「とんでもない。火の車ですよ」

「こんなパーティーを開いて見せて、どこが火の車だ」

「また借金が増えたということですよ」

そのパーティーは、高田の芸能プロダクション設立三十周年を祝うために開かれたのだった。

六本木のディスコを借り切り、タレントやタレント予備軍の女の子、モデル、コンパニオンを多数動員して、マスコミ各社の面々を招待していた。

ディスコを借り切るところが、何とも芸能プロダクションらしかった。それも、大手有名プロダクションではなく、いかにも中堅という感じがする。

大手プロダクションなら、見栄を張って一流ホテルの宴会場を使う。

ホテルの宴会場は高田の好みに合わなかった。値が張る割には融通がきかない、と彼は感じていた。

特に一流ホテルは格式を重んじる。

芸能プロダクションなどというところは、品格などはどうでもいいと高田は考えていた。

大切なのは、ノリだ、と……。

確かに、芸能界というところは、ノリという言葉を重んじる。

勢いという意味で使うこともあれば、互いの波長みたいな意味合いで使うこともある。

「ノリが違う」とか「ノリがいっしょだ」というような言いかたをするのだ。

ホテルなどの宴会場を借りると、時間が厳しく制限されてしまい、高田はその点も好きではなかった。

顔なじみのディスコなどでは、そのあたり、どうにでも無理がきくのだ。

芸能プロダクションの社長ともなれば、一流ホテルにとってはただの客に過ぎないが、六本木あたりのディスコにしてみれば、たいへんなＶＩＰだ。

社長のお墨付きなら、所属のタレントも来やすい。

タレントの出入りが増えると、それ目当ての一般客も増えるというわけだ。

そして、やはり、ディスコの内装のほうが、ボディー・コンシャス――通称ボディコンを着た派手な若い女たちにふさわしいのだ。

お立ち台の上に、『30th anniversary「TAK AGENCY』と書かれた看板が取り付けられている。

その白抜きの文字が、ブラックライトに照らされて、蛍光ブルーに浮かび上がっている。

「タック・エージェンシー」というのが高田のプロダクションの名前だ。

彼は、ふたりの仲間と会社を興《お》こした。そのふたりの仲間の名は鹿島一郎と浅井淳といった。

三人の頭文字を合わせて会社名にしたのだ。

高田は、テレビ局関係者などと、軽口を叩き合いながら、会場内を悠然と泳ぎ回っている。

彼は、共同経営者のひとりであり、取締役営業本部長の鹿島に近づいた。

高田と鹿島は対照的な体格をしていた。高田はすらりと背が高くスマートだった。どちらかといえば神経質な感じがする。

鹿島は、押し出しの強いタイプだ。首が太く、肩幅が広い。腹が出ており、額は狭い。髪を短く切り、いつも紺色のスーツに派手なネクタイをしているので、堅気には見えない。

実際、芸能プロダクションの営業などを仕事にしていると、堅気ではない連中との付き合いも増える。

彼のような風体はまた、堅気の連中に対しても効果的なのだ。

鹿島は近づいて来た高田に向かって顔をしかめて見せた。

「このやかましい音楽は何とかならんのか。まともに話もできやしない」

「これでも普段よりは音量をかなり絞ってるんだ。まともに話ができないだと？　それがいいんだよ」

「何がいいんだ？」

「女の子は話をするたびに、近づかなくちゃならない。スケベなやつらが喜ぶ」

「男同士もくっつかなきゃならん」

「大声を出しゃいいんだ」

鹿島はあきれたようにかぶりを振ってウイスキーの水割りをあおった。

そのとき、出入口近くで何か揉《も》め事が起こった。

鹿島はそちらを見やった。

「何だ……？」

マネージメント担当の男が駆けてきた。

「社長……」

男は言った。「社長に会いたいという男が……」

「何者だ？」

「さあ……。それが、三十周年の祝いを言いに来たと……」

「こういうパーティーに関係者を装って出席したがるやつは少なくない。いいさ。祝いに来たというんなら入れてやれ」

「それが……」

「どうした？」

「恰好《かっこう》が……」

高田は舌打ちして、出入口のほうに向かった。とにかく、相手を見てから対処のしかたを決めようと思った。

出入口には、もうひとりの共同経営者の浅井淳がいた。彼は専務取締役という肩書きだが、実質的には取締役営業本部長の鹿島とまったく同等で、財務や総務の責任者だった。

浅井も鹿島とは違っているが、高田と対照的だ。

浅井は背が低く、見映えのしない男だった。高田が常に自信に満ちている感じなのに対し、浅井は小心に見えた。

小心だが狡猾《こうかつ》そうだった。常に猜疑《さいぎ》心を抱いているような感じがする。

「客だって？」

高田は浅井に言った。

浅井は奇妙な顔をして、顎《あご》をしゃくった。高田は浅井が示した先を見て、眉《まゆ》をひそめた。

タック・エージェンシーの若い社員ふたりに両腕をつかまれている男は、まるで浮浪者のようだった。

いや、高田はそのとき、本物の浮浪者だと思った。

髪は長く伸び、黒々とした髯《ひげ》が顔を覆っていた。年齢はよくわからないが、自分たちより若くは——つまり五十歳以下には見えなかった。

高田はぼんやりした表情の浅井に言った。

「何だってさっさと放り出さないんだ」

浅井は高田の顔を見た。

「あいつは、俺たち三人の名前を知っていたんだ」

「だから何だというんだ。そんなもの調べる手はいくらでもある」

「俺たちを探して対馬《つしま》から来たのだと言った……」

「なに！」

高田が顔色を変えた。彼は長髪、髯面の男をあらためて見つめた。

浅井は不安げに高田を見ている。高田は、さっとかぶりを振ると言った。

「ばかな……。そんなはずはないんだ……」

「しかし……」

浅井は言った。

だが、高田は取り合わなかった。彼はふたりの社員に命じた。

「早くつまみ出せ！」

「はい」

社員たちは男を外へ引きずり出した。浅井はそれを見て、あとを追おうとした。

高田が浅井に言った。

「何をする気だ」

「気になるじゃないか……。話をしてみたい」

「放っておけ」

「いいのか？　放っておいて……」

一瞬、高田は考え込んだ。彼は、急に慎重になった。

「そうだな……。確かに気になる……。どうせ質《たち》の悪いいたずらだと思うが……」

「俺たちが昔、対馬にいたことを知ってる人間なんて……」

「東京にはいない。しかし、当時、対馬の村にいた人間で俺たちのことを覚えている者がいても不思議はない」

「だが……」

「わかった。任せるよ。行ってこい」

高田が言うと、浅井は出入口に向かって駆け出した。

浅井は店を出たところで、長髪・髯面の男を連れ出したふたりの社員を見つけた。

浅井はふたりに尋ねた。

「あの男はどうした？」

「あっちのほうへ行きましたよ」

社員のひとりが、麻布の方向を指差した。そこは、六本木交差点から麻布へ斜めに伸びる通りで、通称芋洗坂《いもあらいざか》と呼ばれている。

浅井はそちらのほうへ駆け出した。進むにつれて、人通りが少なくなってくる。

右へ入る細い路地が二本あり、そのつど浅井は立ち止まって四方を見た。

二本目の路地の先に、例の男の姿を見たような気がした。

浅井は、その路地に入った。息が切れている。自分の呼吸の音だけがやけに大きく聞こえる気がした。

路地に人気《ひとけ》はない。

浅井は足早に進んでは立ち止まり、また進んだ。

突然、彼は後方から名を呼ばれた。

振り返る。

そのとたんに、目のまえが真白に光った気がした。ひどい衝撃を受けた。痛みなのか、熱さなのか、まぶしさなのかわからない。とにかく、感覚がパニックを起こした。

一度爆発した感覚が、急速に退いていく。

彼は何もわからぬまま気を失ったのだった。

高田はパーティーの進行に忙しかったが、髯の男のことがずっと気にかかっていた。あのまま放っておけば、かえって気にならなかったのかもしれない。しかし、浅井が男を追って行った。そのせいで、徐々に気がかりになってきたのだった。

浅井が出て行ってから三十分経った。

高田は社員をつかまえて尋ねた。

「浅井を知らないか？」

「専務ですか……。さあ……」

高田は、出入口付近で来客をチェックしたり、早目に引き上げる客にみやげの品を渡したりする役目の社員に近づいた。

「浅井はどうした？」

「まだ戻られませんが……」

「出て行ったきりなのか？」

「ええ……」

「何人か連れて探しに行け」

「何かあったんですか？」

「わからん。わからんから探しに行くんだ」

「はあ……」

その社員は、若手のマネージャーふたりを連れて外へ出た。

三人の社員はうろうろと店のまわりを歩き回った。

「どこにもいないな……」

「喫茶店か何かに入ったんじゃないのか……」

しばらく探し回っていると、マネージャーのひとりが声を上げた。

「おい、あそこ。誰か倒れてるぞ」

のぞき見た社員が言う。

「浅井専務じゃないだろうなあ……」

「行ってみようぜ」

三人は路地の奥に進んだ。

倒れている男におそるおそる近づく。暗くて着ているものの柄が見えにくかったが、近づくにつれはっきりと見えてきた。

三人はそのスーツの柄に見覚えがあった。ピンストライプだ。

「専務！」

三人は、浅井に駆け寄った。

比較的浅井に近い部署に居る男が、浅井をまずあおむけにした。そして、上半身を抱き起こす。

浅井の体に力が入らず、首がくにゃりと後方に垂れる。

男は、浅井の体を揺すった。垂れた首が揺れる。

「専務。しっかりしてください、専務」

こうした場合、通常の人間は、実に陳腐な対応しかできない。気を失っている者の体は――特に頭はなるべく動かさないようにしなければならない。それを知っており、なおかつ、実行できるのは、それなりの心得のある者だけだ。

体を揺すられて、ほどなく浅井は意識を取り戻した。

浅井はぼんやりとした顔で自分をかかえている男を見た。

男は言った。

「専務。気がつきましたか？」

「何だ君は？　いったいどうしたんだ」

「それはこっちがうかがいたいですよ」

浅井は自力で身を起こそうとした。

そのとき、ずきんと頭が痛んだ。

「た……！」

浅井は顔をしかめた。思わず体の力が抜ける。

手を離しかけた男は、再び浅井の体を支えた。

「だいじょうぶですか？」

「ああ……。たぶん、だいじょうぶだ」

今度は注意深く立ち上がった。側頭部に鈍い痛みがあるが、さきほどのような頭痛はしなかった。

「何があったんです？」

「わからんのだ」

浅井は、ようやく自分が何をしようとしていたのかを思い出した。「こう、振り向きざまにガツンとやられて……」

「殴られたのですか?」

「いや、何をされたのかわからん。そのまま気を失ったらしいな……」

「本当にだいじょうぶですか?」

部下はもう一度、浅井に尋ねた。

「ああ、もうだいじょうぶだ」

浅井はそう言ったが、本当にだいじょうぶかどうかはわからなかった。何をされたのかはわからないが、どうやら頭を打ったのは確からしい。

頭を打って気を失った経験などこれまでなかったのだ。

明日にでも病院へ行って検査をしてもらおう——浅井はそう思った。

彼はパーティー会場へ戻った。

「どうだった?」

高田は浅井の姿を見ると、さっそく尋ねた。

「いや、それが……」

浅井はこたえた。「襲われて、つい今しがたまでのびてたんだ」

「のびてた……？　じゃ、あいつと話はできなかったんだな」

「できなかった」

「襲ったのはあの男か？」

「わからん。後ろから声をかけられ、振り向いたとたん、何もわからなくなった」

「それで、だいじょうぶなのか？」

「ごらんのとおりだ」

高田はうなずいた。

「今さら昔のことを知っている者が現れたとしてもどうということはない」

彼は、浅井が出て行ってから考えた結論を話した。「しらばっくれていればいいんだ。もう気にするな」

「そうだな……」

話はそれきりになった。


パーティーがお開きになると、タック・エージェンシーの面々は二次会へと繰り出した。マネージャーら現場の人間と親しいマスコミ関係者も付いてくる。

タック・エージェンシーは池尻大橋にあった。渋谷から、東急新玉川線でひとつ目の駅だ。

そのせいで、渋谷に会社のなじみの店が多い。その日も東急本店通りにあるカラオケ・パブをあらかじめ借り切ってあった。

タレントの何人かも同行しているので、マスコミ関係者もご機嫌だ。

高田もようやくソファにすわることができてほっとした。

若い連中は、さっそく歌本をめくり始めている。女性タレントにしきりに話しかけているテレビ局のディレクターもいる。

「三十年だ」

高田はつぶやいた。「よくやってきたじゃないか……」

そのとき、ふと、高田は浅井の様子がおかしいのに気づいた。

浅井は額に手をやり、顔をしかめている。高田は気になり、立ち上がって浅井に近づいた。

「どうした?」

「頭痛がしてきた」

「襲われたせいか?」

「わからん……。中途半端に酒を飲んだせいかもしれない」

「無理するな。今日はもう帰ったらどうだ?」

「ああ、そうする」

浅井は帰宅した。

家に帰ると、彼は、気分がすぐれないと言って、すぐに床に就いた。

彼は、そのまま永遠に目を覚まさなかった。眠ったまま、意識を失い、やがて死亡したのだった。

2

「珍しいこともあるものだ……」

竜門光一《りゅうもんこういち》は、施術室に入ってきた辰巳吾郎《たつみごろう》に言った。

「何がだね、先生?」

「あなたが、ちゃんと予約を入れて、この整体院にやってくるなんて……」

「治療してもらいたいんだよ」

「施術です」

「そうだったな……。施術してほしいんだ。ここんところ、また腰の調子がよくなくてな

「……」

「足を肩幅くらいに開いて、向こうを見て立ってください」

竜門は、辰巳の背骨にそって中指を這《は》わせていく。背骨の歪《ゆが》み、背骨の両側の張りやしこりなどを調べるのだ。

それから、骨盤の歪みを見る。骨盤はふたつの腸骨と、仙骨という三つの部分から成っている。仙骨を、ふたつの腸骨が両側からはさむような形になっているのだ。

そのつなぎ目を仙腸関節と呼ぶ。骨盤の歪みというのは、つまりは、この仙腸関節の歪みなのだ。

まず左右の腸骨の上端――腸骨陵の高さを比べる。右のほうが高い。

「左右に体を倒してみて……」

辰巳は言われたとおりにする。左へ倒しやすいが、右へは倒しにくい。次に、体をひねらせてみる。やはり左へ回しやすいが、右へは回しにくい。

ごく微妙だが左右に違いがある。

力を抜いてまっすぐに立っているはずなのに、左足がわずかに前に出ている。

「ではベッドにうつぶせになって……」

辰巳はうつぶせになり、吐息を洩《も》らした。

竜門は辰巳の左右の足の踵《かかと》の位置を見る。右足が一・五センチばかり短い。

腰痛持ちの人はたいてい左右の足の長さが違う。それは骨盤の歪みから来ている。

竜門は腰をゆったりとゆすることから始めた。

「しかし、治療といおうが施術といおうがかまわないじゃないか。患者は楽になりたいだけなんだ」

辰巳が言うと、竜門がこたえる。

「医者が嫌がるんです。医者は、われわれのやっていることを医療行為とは認めていません。厚生省もそうです。だから、僕たちが医療用語を使うことを嫌うんです」

「了見が狭いよなあ……。まあ……、役所だの何だのってのは、だいたい似たりよったりだな」

「病院は役所じゃありませんよ」

「似たようなもんさ。象牙《ぞうげ》の塔ってのは、むしろ役所なんかより始末が悪いかもしれねえな……。まあ、警察もそうだがね……」

竜門は何も言わず、施術を続ける。

辰巳はこうした竜門の反応には慣れていた。竜門に愛想を期待することなど、今ではまったくない。無駄なことなのだ。

辰巳はひとりごとのように続ける。

「警察ほど一般人に嫌われる役所もない。俺たちゃ、世のため人のために働いているつもりなんだが、そう思わない人が多いらしい」

「点数を稼ぐために駐禁を取り締まったりするからじゃないですか?」

辰巳は、鼻で笑った。

彼は警視庁渋谷署につとめる刑事だった。

刑事捜査課一係強行犯担当の部長刑事だ。年齢は四十六歳。

部長刑事というと、偉そうな響きがあるため、警察の階級を知らない一般人は誤解することもある。

部長刑事というのは、巡査部長の階級を持つ刑事捜査員を指す。巡査部長は警部補の下の階級だ。

辰巳は叩き上げの刑事の典型だった。赤ら顔で髪を短く刈り、肩幅は広い。どちらかというとずんぐりした体格で、眼光がたいへん鋭い。

どう見ても堅気の人間には見えない。

彼は、竜門整体院に通い始めてずいぶんと長いのだが、腰は快癒しない。

竜門の腕が悪いわけではないし、特に辰巳が重症というわけでもない。辰巳が竜門の言いつけを守らないのだ。

ちゃんと、一週間ないし十日に一度、通うようにと言われているのだが、少しでも症状が軽くなると、まったく顔を見せなくなってしまう。

そして、今日のように、ひどく痛み始めるとまたやってくるのだ。

辰巳がまじめに通院できないのは、彼の性格のせいとばかりはいえなかった。仕事がそれだけ不規則なのだ。

そして、どうやら、彼は、時たまこうして竜門のところへやってきてあれこれ話をするのが気に入っているようなのだ。

竜門はいたって無愛想で、あまりいい会話の相手とはいえない。だが、どういうわけか、辰巳は、その点も気に入っているようだった。

竜門光一は愛想もなければ、洒落《しゃれ》っ気もない。たいていは、患者と世間話もしない。名医は愛想がいい。心理的な治療効果というのはばかにできないのだ。

その点だけは、竜門は名医の条件を満たしていないかもしれない。だが、腕は確かで評判はいい。

整体院などのようなところは、広告よりも評判がものをいう。評判が治療するといってもいいくらいだ。

つまり、評判がいいと患者は安心する。安心すると治りも早いのだ。

竜門は無口だが、信頼に足る雰囲気を持っている。静かな自信のようなものだ。それが無言の心理療法になっているのかもしれなかった。

髪は洗いっぱなしで、整えた様子もない。整髪料の類は何もつけていないようだ。無表情で、声は低い。いつも、ぼそぼそといった感じでしゃべる。

竜門は、辰巳の腰だけではなく、全身を整えた。腰痛は骨盤の歪みや腰椎《ようつい》のずれだけが原因とは限らない。

体の歪みは最も弱い部分に症状として現れるものだ。首と腰に痛みが出ることが多い。だが、体はすべてつながっており、あらゆる部分が関連を持っている。重症の肩こりの本当の原因が膝《ひざ》にあったりするのだ。

膝を悪くすると、それをかばうためにアンバランスが生じ骨盤が歪む。骨盤の歪みは、腰椎にひずみを引き起こす。

腰椎に異常があると、必ず頸椎《けいつい》にも異常を生じる。頸椎が歪むと、頭痛や首のこり、肩のこりが起こるというわけだ。

竜門は、手のひら、指の先までをほぐした。最後に、背面の胸椎を矯正《きょうせい》すると、施術を終えた。

「一週間後にまた来てください」

竜門は辰巳に言った。

「わかった」

辰巳は着替えながら返事をする。

だが、本当に一週間後に辰巳がここへやってくるかどうかは疑問だ——竜門にはそれがわかっていた。

着替えを終えると辰巳は施術室を出て、まっすぐ受付窓口へ行った。

竜門整体院はマンションの一室、2LDKの部屋で開業している。施術室と、竜門の個室があり、LDKを壁で仕切って事務室と待合室にしている。

竜門の個室は、事実上物置となっている。書物が山のように積まれており、人がいる場所はない。

竜門は事務室に机を置いてあり、そこで書き物をする。

受付の窓口は、事務所と待合室を分けている壁にある。

そこには、いつも葦沢《あしざわ》真理《まり》がすわっている。

真理は辰巳に気づき、規定の料金を告げた。

「五千円です」

「そうか……」

真理は顔を上げ、目を丸くして辰巳を見た。目は大きくはないが、実に形がいい。アーモンドのような形をしており、表情が豊かだった。

眼は鳶《とび》色をしており、白眼の部分が青味がかっていて美しい。

「何です？」

「俺は今、竜門整体院の偉大な秘密に気づいたんだ」

「あら、たいへん。弁護士を雇ったほうがいいかしら？　何ですか？　その秘密って……」

「先生が無愛想な分を、真理ちゃんの笑顔が補っていたんだ」

「残念ながら、それは秘密でも何でもないんです」

「そうなのか？」

「心ある患者さんは、みなさん、気づいてらっしゃいますわ。気づかないのは、どこかの刑事さんだけ」

「心ある患者に近づけるよう努力しないとな……」

「予約を入れて、ちゃんと通院しなくちゃね……。次の予約、うけたまわりますが？」

真理はほほえんだ。

色がたいへん白い。ほほが美しい丸味を帯びており、その曲線が愛らしい唇へとごく自然に流れている。桃のようなみずみずしさを感じさせる。

二十四歳になるが、年より若く見える。

長い髪をいつもうしろで一本に編んでいた。

「来週の同じ曜日、同じ時間」

「本当に来ます?」

「そのつもりだ」

「一週間後ですね? 同じ時間、と……」

真理はレセプトにスケジュールを書き込んだ。

「まだなのかい?」

「はあ……?」

「先生はまだ、真理ちゃんのことを口説かないのか?」

「まだみたいですね」

「しょうがねえな……。女はいつまでも待ってるもんじゃないと、あれほど言ったのにな

……」

「それがいけないの。まだひと花もふた花も咲くでしょうに。前の奥さんと復縁するとか、新しい奥さんを探すとか……」

「俺の人生なんざ、考えるほどのもんじゃない」

「人のことはいいから、自分のことを考えたら？」

「何だい？」

「辰巳さん」

「復縁？　まっぴらだね。新しい奥さんか……。そいつも面倒だ。もっとも、真理ちゃんが嫁に来てくれるっていうんなら、考えてもいい」

「あら、本当かしら？」

「ああ、ぐずぐずしてると、俺が口説いちまうと先生に言っておけ」

玄関のドアが開いた。次の予約患者がやってきたのだ。

真理は、その患者の名前を呼び、施術室に入るように言った。

「じゃあな……」

辰巳は受付の窓口を離れた。

「辰巳さん。仕事も大事でしょうけど、体も大切なのよ」

辰巳は真理の声に、振り返らぬまま、片手を上げてこたえると、玄関を出た。

「まだ脳卒中という年じゃねえだろうにな……」

押しつぶしたような音声で、タック・エージェンシー取締役営業本部長の鹿島一郎が言った。

浅井の死に、衝撃を隠し切れないようだった。

社長用の机に向かってすわったまま、高田は髯のそりあとを撫《な》でていた。

「脳卒中は年齢にゃ関係ない」

何ごとか考えながら高田は言った。

社長室のなかには、高田と鹿島しかいない。かつては、これに浅井が加わり、三人でさまざまなことを話し合ったものだった。

鹿島が言う。

「浅井のやつ、別に血圧が高いとも何とも言ってなかったがな……」

「病的な卒中かどうかはわからない……」

「何だいそりゃあ……?」

鹿島が睨《にら》むように高田を見た。高田は慣れているので、それが鹿島の驚きや疑いを表わす表情だということがわかる。

だが、その表情におびえる人間も少なくはない。鹿島は本物のヤクザのように見えるのだ。

高田はこたえた。

「ゆうべ、浅井は何者かに襲われて気を失ったというんだ。そのときに、頭を打ったのかもしれない」

「襲われた？　いつの話だ？」

「パーティーの最中だ。妙な男が会場にやってきた。私の名前を言って面会を求めた。それればかりか、その男は浅井やおまえの名も知っていたそうだ」

「それで……？」

「私は、そいつを放り出せと命じた。浅井はその男のことを気にして、あとを追った」

「何で浅井が……」

「その男は、対馬から来たと言ったんだ」

鹿島は、またしても、睨むように高田を見すえた。驚いているのだ。

沈黙の間があった。

高田が先に話し始めた。

「そんなものは放っておけと、私は言った。私たちが昔、対馬にいたことを知っている者はいるかもしれない。しかし、対馬で私たちがやったことを知っている者などいないはずだ」

「待ってくれ……。訳がわからなくなってきた」

「落ちつけ。私たちがやったことは誰にも知られてはいない。あれから三十年以上経っている」

「わかっている。だが……、浅井を襲ったのがその男だとしたら、目的は何なんだ？」

「浅井を襲ったのはその男だとは限らん。やつは相手を見ていなかった」

「だが、そう考えるのが自然だろう。俺たち三人の名を知っている男がパーティー会場に現れた……。その男は対馬から来たと言った……」

「そうだ。だが、それだけのことだ」

「俺はそう楽観的には考えられんな……」

「見かけに反するな……。まあ、おまえは昔からそうだった」

「浅井は実際に襲われた。そして、死んだ」

「襲われたことと、死んだこととの間の因果関係はわからんのだ」

「だが、おまえは、病的な卒中じゃないかもしれないと言った」

「そう。もし、襲われたときに、頭を強く打ったとしたら、それが原因で死んだことも考えられる」

「待てよ、おい」

鹿島は思い出したように言った。「襲われたのはパーティーの最中だと言ったな?」

「そうだ」

「やつは二次会に来たはずだ。そのときはぴんぴんしていたじゃないか」

「ああ」

「ならば、殴られたことが死亡の原因とは考えられないんじゃないのか?」

「そうかもしれん」

「そうとも。それが原因なら、殴られたあともっとおかしくなってるもんじゃないのか? その……、意識がなくなっているとか……」

「浅井は二次会の途中で、頭痛がすると言い出した」

「頭痛……」

「無理をせず帰れと、私が言った。あいつはそのまま帰宅した。そして……」

「死んだ……」

「そうだ」

「わからん。とにかく、素人があれこれ考えてもだめだ。詳しいことはいつわかるんだ？」

「今、遺体は病院にあるそうだ。今夜は通夜だから、夜には話が聞けるだろう」

「ゆうべ襲われたことを警察に知らせたほうがいいんじゃないのか？」

「警察……？」

「詳しいことは知らんが、事件性がある場合や変死体の場合は、司法解剖ってのをするんだろ。だが、何も言わなければ、医者が死亡診断書を書いて終わりだ。死亡の原因が脳卒中だとわかったら、それ以上は突っ込んで調べないんじゃないのか？　それが病変による卒中なのか、それとも外からの衝撃によるものなのか、なんてことは……」

「それを知ってどうする？」

「どうするって……」

「知る必要などあるのか？」

「もし、襲われたのが原因だとしたら、こいつは傷害致死か殺人だ」

「だから何だというんだ？　もしそうだとしても、警察が犯人をつかまえたところで、浅井が生き返るわけじゃない」

「そりゃそうだが……」

「警察はいろいろと嗅《か》ぎ回り、やがて、私たちの過去を暴き出すかもしれない。私はそんなのはまっぴらだね。私は、きっぱりと過去を切り捨てたのだ」

鹿島は言葉につまった。

彼は、高田を黙って見すえていた。やがて、鹿島は眼をそらした。

彼は大きく息をついた。落ち着きを取り戻したのだった。

「もっともだ……」

鹿島は言った。「へたに動くと、何もかもぶちこわしだ……」

「そのとおりだ。私は、このタック・エージェンシーが何よりも大切なのだ。ささやかな会社だが、成長の途中にある。これから伸びる会社なんだ」

「わかっている」

鹿島はうなずいた。「浅井の家へ出かけようじゃないか。他人とはいえないような付き合いだったんだ」

「そうだな……」

高田は立ち上がった。

「だが……」

鹿島は用心深い表情になった。「身辺には気をつけたほうがいいような気がする」

高田はうなずいた。

「手を打とう」

3

浅井の妻は憔悴《しょうすい》していたが、決して取り乱してはいなかった。通夜は自宅で行なわれた。

浅井の家は埼玉県の所沢市にある。絵に描いたような一般サラリーマンの家庭だった。重役の家らしく、芝生を敷きつめた庭があり、車庫には車が二台あった。

高田は恵比寿に住んでいた。マンション暮らしだ。

鹿島は、乃木坂で暮らしている。かつては世田谷にマンションを持っていたが、離婚したときに、妻だった女性に譲った。

今は乃木坂のマンションで情婦と暮らしているのだ。

高田や鹿島の華やかな生活に比べ、浅井は地味な暮らしをしていた。地道な生きかただったといっていい。

浅井は、タック・エージェンシーの内務をずっと担当してきた。経理関係も手がけていた。

三人のなかでは、最も堅実な男だった。

高田と鹿島は、通夜の手伝いを買って出た。葬儀屋というのは実に頼りになるものだと高田は思った。

肉親や身近な人が死ぬことは、普通の人間にとってはそうしょっちゅうあることではない。特別な出来事だ。だが、葬儀屋にとっては日常なのだ。段取りはすべて心得ている。

手が空き、高田と鹿島も一杯やることにした。

二階の部屋をすべて開け放ち、テーブルを並べている。テーブルには料理と酒が並んでいる。

鹿島は声をひそめて高田に尋ねた。

「……それで、奥さんとは話ができたのか？」

「話した」

「死因は……？」

「医者によると、やはり脳出血だということだ。だが、どうして脳出血が起こったかまでは調べなかったようだ」

「奥さんは、ゆうべ浅井が襲われたことを知っていたのか？」

言ってから鹿島は、そっと周囲を見回した。話は誰にも聞かれていないようだ。

高田は言った。

「知らんようだな。昨日、浅井の様子はどうだったのか、とさりげなく訊《き》いたのだが、疲れたと言って、すぐ休んだ、と言っていた。浅井は何もしゃべらなかったようだ」

「ということは、医者も知らなかった……」

「そう。だから、医者は詳しく調べようとしなかったんだ。もし、誰かが医者にそのことを言ったら、医者も外傷を疑っただろう。話は警察にまで行ったかもしれん」

「……だろうな……」

「これでいいんだ」

高田は言って、酒を飲んだ。

鹿島は、苦い顔でうなずくと、ぐいと杯をあおった。


翌日、葬儀を終え、くたびれ果てた鹿島は乃木坂のマンションへ戻って酒をかなり飲んでようやく眠った。

二日酔いで社に出ると、社長の高田に呼ばれた。

社長室には四人の男がいた。どの男も体格がよく、そして人相が悪かった。

一目見てヤクザ者とわかった。全員、濃紺のスーツを着ているがビジネスマンには見えない。

芸能界の営業の世界で生きてきた鹿島は、もちろん、そんな連中は平気だ。貫目では鹿島のほうがずっと勝っている。

その四人をひとわたり睨み回してから、鹿島は不機嫌な声で言った。不機嫌なのは二日酔いのせいだった。

「何の用だい、社長」

「こちらは、警備会社のかたがただ」

「警備会社……？」

なるほど、と鹿島は思った。

警備会社を名乗る暴力団は少なくない。手っ取り早く、彼らの特技が役に立つからだ。

一方で、警備会社の役員には退職した警察官がなる例が多い。もともと、警察と暴力団は近い体質がある。両者は、世のなかの暗部で結び付くことが多いのだ。

この四人は間違いなく暴力専門家だ。武道の心得がある者より、喧嘩《けんか》の場数を踏んでいる者のほうが強い。

もともと武道の技だって、先達が喧嘩のなかから作り上げたものに過ぎないのだ。

「警備会社が何の用だ？」

「ボディーガードをやってもらう」

「ボディーガードだ？　誰の？」

「おまえと私だ」

「手を打つって言っていたのは、このことか？」

「当面はこれくらいしか思いつかん」

「まあ、用心に越したこたあねえか……」

「そういうことだ」

「……で？　四六時中、俺のあと、付いて回るのか？　情婦《バシタ》と楽しんでるときも……？」

「外出するときだけだ。通勤路、接待の間は同行する。帰宅後は彼らはいなくなる。なるべく外出をひかえることだ。朝、出勤時に車で迎えに行く」

「わかった」

「彼らにはすぐに仕事にかかってもらう。ふたりずつ付いてもらうことになっている」

「かまわんよ」

鹿島は出入口に向かった。

ふたりのボディーガードが無言で歩み出て、鹿島のあとに続いた。

鹿島は自分の机に戻った。彼の席は個室ではない。オフィスのなかにある。ボディーガードは、応接セットにすわった。

「ボディーガードか……」

席に戻ると、鹿島はつぶやいた。「ちょっとばかり、大物の気分だな……」

タック・エージェンシーは中堅プロダクションとはいえ、企業の規模からすると中小企業だ。

社員は約三十人。資本金は株式会社としてぎりぎりの一千万円だ。

この業界に資本はあまり必要ない。かつて、歌番組が全盛で、年間数百人の新人歌手がデビューするといわれた時代には、電話一本あればプロダクション業務はやっていけるといわれていた。

現在では、芸能人のマネージメントと並んで、著作権管理が重要な仕事になっている。楽曲の出版権やレコードの原盤権を管理するのだ。

その他、アイドル系タレントを持っているプロダクションは、写真集やビデオの著作権でも稼いでいる。

鹿島は、現場で長いこと馬車馬のように働いてきた。今でこそ、現場に顔を出すことはなくなったが、接待やパーティーなどの席にはよろこんで出かけていく。

タック・エージェンシーはこれまで営業用の車というのを持っていなかった。タレントが税金対策で車を買う。マネージャーがその車を利用していたからだ。

　また、マネージャーが買った車のガソリン代や整備代も会社が必要経費として仕払うので、彼らが自分の車を仕事で使う例も多かった。

　長い間、役員にも専用車などなかったが、ボディーガードとともに、鹿島と高田に専用車が付くことになった。

　その夜、鹿島は渋谷に出かけることになっていた。

　テレビ局のプロデューサーを接待するためだ。六本木のクラブへ案内するほどの相手ではない。渋谷のカラオケ・クラブで充分の相手だった。

　こうした冷静な判断ができなければ、接待で成功はできない。

　午後七時に店で待ち合わせをしていた。鹿島は早目に店に着いて段取りをしておくつもりだった。

　相手のプロデューサーは、現場の担当者が案内してくるはずだった。

　鹿島は車に乗ると、前の座席にいるふたりのボディーガードに尋ねた。

「名前を教えてくれないか」

　運転席にいる男が津田、助手席にいる男が倉本と名乗った。

「腕に覚えがあるんだろうな？」

津田がこたえた。

「自分は長い間、ボクシングをやってました。倉本は空手の段持ちです」

「それに……」

倉本が補足した。「ふたりとも、実戦経験も豊富ですよ」

その口調は自信に満ちていた。

鹿島は言った。

「頼りにしてるぞ」


車は道玄坂に駐《と》めた。鹿島は、車を降りて歩くことにしたのだ。そのほうが、渋谷の街中では早い。

店は、道玄坂から脇道《わきみち》に入ったホテル街の一角にある。このあたりは、かつてのホテル街とはイメージがまったく変わってしまった。

若者向けのゲームセンターができ、すっかりにぎやかになってしまった。

鹿島は足早に歩いた。その前後にボディーガードの津田と倉本が付いた。

見かけが見かけだけに、たむろしていた若者が道をあけた。

ホテル街のあたりは、細い道が入り組んでいる。ひとつ角を曲がったところで、鹿島は自分を呼ぶ声を聞いた。

彼は思わず振り返った。

そこに、まるで浮浪者のような容貌《ようぼう》の男が立っていた。服の上からも、たくましい体つきをしているのがわかった。

鹿島はその男に見覚えはないと思った。しかし、何者であるかはすぐにわかった。パーティー会場に現れた男だ。そして、おそらくは、浅井を襲った犯人だ。

鹿島は怒鳴った。

「てめえ！　何者だ」

長髪、髯面《ひげづら》の男は、むしろ感慨深げな表情をしている。

ボディーガードのふたりが、さっと楯《たて》になるように立ちはだかった。

一本通りが違うと、嘘《うそ》のように人通りがなくなってしまう。通行人の姿はない。

長髪、髯面の男は、人気のない通りに鹿島が入ったのを見て、チャンスと知り、声をかけたのだろう。

「ようやく、おまえたちを見つけた……。このときをずっと待っていた……」

「野郎……。会社から尾《つ》けてきやがったな……」

男は無造作に近づいてきた。

「待てよ」

ボクシングをやる津田が、男の肩に左手を置いた。

男はその手を払いのけようとした。それを待っていたように、津田は右のフックを出した。

相手の頬骨《ほおぼね》を狙っている。

だがそのパンチは当たらなかった。男はパンチをかわすとそのまま津田の脇に手を差し込み、腰をひねった。

津田はアスファルトの道に見事に投げ飛ばされた。腰と背を打ってしばらくは起き上がれない。

倉本が一歩進んでローキックを飛ばした。大腿部《だいたいぶ》外側を狙っている。

ローキックは、フルコンタクト系空手ではすっかりポピュラーな技になってしまった。威力はたいへんに大きい。もともとムエタイの技だが、ムエタイ選手と戦った空手家がそのあまりの威力に愕然《がくぜん》とし、さっそく空手に取り入れたのだ。

男は、ローキックに対して逃げなかった。両膝を外側に張り出し、ふんばるようにこらえたのだ。

ローキックを知っていたのかどうかは不明だが、この男の対処は正しかった。よけようとしたり、逃げたりしてもローキックの威力は殺せない。迎え撃つくらいの気持ちが必要なのだ。

倉本は、男の膝の上を自分のローキックが滑っていくのを感じた。インパクトを外されたのだ。

すぐさま、連突きにつなぐ。近代空手独特の速いワンツーだ。

しかし、男はそれを予期していた。ワンツーが来るのをかまわず突っ込み、掌打《しょうだ》を打ち込んだ。

右一発。さらに左。

顔面を張る。

かくんと倉本の膝が折れた。そのまま崩れ落ちる。

不思議な光景だった。ふたりは派手に殴り合ったわけではない。なのに、倉本は倒れてしまったのだ。

「くそっ！」

投げられたダメージが回復し、津田が立ち上がった。

するすると滑るような足さばきで男に近づき、ジャブを続けて出した。

男は、ジャブを二発くらった。だが、ひるまない。

シッ！　津田の歯の間から呼吸が洩《も》れる。

右のショベルフックを突き上げる。

男の脾臓《ひぞう》を狙っていた。

だが、その突き上げるようなフックは空を切った。

男が突進してきたのだ。フックは、男の背後で空振りしていた。津田が男に抱きつくような恰好《かっこう》になった。

男は、そのまま腰をひねって、再び津田を投げた。またしても見事に決まった。

男は、地面に津田を打ちつけておいて、さらにその頭を蹴《け》った。

津田は脳震盪《のうしんとう》を起こした。

男は鹿島のほうを向いた。

この間、アベックが二組通りかかったが、関わり合いにならぬようにと、引き返していった。

鹿島はすっかり動転していた。

彼はなりふりかまわず逃げ出すべきだった。だが、体が動かなかった。

茫然《ぼうぜん》と男の顔を見つめているだけだった。

男が言った。

「俺が誰だかわかるな」

鹿島は激しく首を振った。

「知るわけねえだろう」

男はわずかに傷ついたような表情になった。

「よく見るんだ。忘れたとは言わせん」

鹿島は倒れている津田と倉本を見た。倉本が弱々しく身動きをした。

「冗談じゃねえ……」

鹿島は、倉本がもう少しで起き上がるはずだと思った。時間をかせげば何とかなると彼は考えた。「おまえなんか見たこともねえよ」

「そうか？　三十年以上まえの話だ。おまえたちは対馬にいた。そして、俺も対馬にいた」

「ふざけるな。誰から聞いたか知らんが、そんな話で俺たちをゆすろうとしたって無駄だぞ」

「ゆする？　そんなことは考えてはいない」

倉本に続いて、津田も身じろぎを始めた。

「じゃあ、何が目的だ？」

「俺のことを思い出せば、想像がつくはずだ」

「おまえなんか知らん……」

「俺は船に乗っていた。漁師だった……」

「だから、おまえなんか知……」

鹿島はふと気づいたように男の顔を見つめた。

眉をしかめ、しげしげと眺める。彼独特の睨むような眼つきだ。

その目が不意に見開かれた。

「まさか……。そんなはずは……」

男は、ほほえんだ。満足げな笑い顔だ。

「思い出してくれたかね？」

「嘘だ。そんなはずはない……」

鹿島は恐怖の表情でつぶやくように言った。

倉本がようやく立ち上がった。ややあって津田も立ち上がる。

男はそれを気配で感じ取ったようだ。

彼は、両足を開き、やや姿勢を低くした。

「何をする気だ？　やめろ……」

鹿島が弱々しく言う。

男は地を蹴った。すさまじい勢いで突進する。

そのあと、何が起こったのか、鹿島にはわからなかった。感じたのはしたたかな衝撃だ。

倉本と津田にもよくわからなかった。彼らは、鈍いが大きな音を聞いた。

鹿島が大きくのけぞるのが見えた。鹿島はそのままあおむけに倒れていく。

「野郎！」

倉本はわめいて歩み出ようとした。

そのとき、男は、身を低くして突進した。倉本は体当たりをくらう形になり、吹っ飛んだ。

「倉本！」

津田はそう叫ぶのがやっとだった。立ち上がったはいいが、まだ足がふらつく。

その隙《すき》に男は走り去った。身軽な男だった。

地面に転がった倉本は、頭を振って上体を起こそうとしていた。何とかだいじょうぶそうだと見て取った津田は鹿島に歩み寄った。

彼は、ボクシングをやっていただけあって、倒れている者への処置を心得ていた。

なるべく体を動かさないようにして、心拍と呼吸を見る。鹿島はまだ生きていた。気を失っている。

倉本が近づいてきた。津田は倉本に言った。

「救急車を呼ぼう」

「いや、待て……」

倉本が言う。「もう少し様子を見よう。意識がすぐ戻るようだったら、それから病院に運んだほうがいい」

「しかし……」

「そのほうが安全なんだ」

ふたりは手を触れず、鹿島を見守った。ほどなく鹿島はぱっちりと目を開けた。目をしばたたいてから起き上がった。

「病院へ行きましょう」

津田が言った。「検査をしてもらったほうがいい」

鹿島はようやく何が起こったのか思い出したようだった。

「やつはどうした？」

鹿島が尋ねる。津田がこたえた。

「逃げられました」

「ちくしょうめ……」

「さ、病院へ……」

「冗談じゃない。どうってことねえよ。ほらこのとおりだ。接待の客を待たせるわけにゃいかん」

「しかし……」

「おい、あんたら。もう少し頼りになると思ったがな……」

津田は言葉をなくした。

鹿島は、服の埃《ほこり》を払うと、待ち合わせのカラオケ・クラブへ向かって歩き出した。

津田はそれ以上何も言わない。

ふたりのボディーガードは、おとなしく鹿島のあとに続いた。

4

鹿島が不調を訴え始めたのは、それから二時間ほど経ってからだった。

元気よくカラオケで歌っていた彼が、頭痛がすると言い出したのだった。

鎮痛剤を持っているホステスがおり、それをもらって飲んだが、頭痛はおさまらなかった。

だが、彼は接待を放り出して帰ろうとはしなかった。

頭痛がすると言い出してからほどなく、彼は、持っていたグラスを取り落とした。

すわったまま、首を垂れている。居眠りを始めたように見えた。

テレビ局のプロデューサーは、その様子を見て、言った。

「おい、居眠りするほど疲れてんのかよ。稼ぎ過ぎじゃないの？　タックさんは……」

現場担当のタック・エージェンシー社員は苦笑した。

だが、少し離れているカウンターから鹿島の様子を見ていた津田と倉本はすぐさま異常に気づいた。

ふたりは顔を見合わせると、すぐに立ち上がり、鹿島の席に近づいた。

「な、何だ……？」

テレビ局のプロデューサーが驚いて腰を浮かせた。

ヤクザ者にしか見えないふたり組が血相を変えて近づいてきたのだから無理はない。

現場担当のタック・エージェンシー社員も津田と倉本のことは知らなかった。彼も仰天したが、さすがに芸能界で生きている人間だけあってヤクザ者には慣れているようだった。

彼は平静を装い、落ち着き払った声で言った。

「何か用ですか?」

そのあとの津田の行動は、テレビ局のプロデューサーの予想にも、タック・エージェンシー社員の予想にも、またクラブの従業員の予想にも反していた。

「失礼」

津田は、丁寧に言ってから鹿島に顔を近づけ、やや大きな声で言った。

「鹿島さん。起きてください。鹿島さん!」

周囲の者は不思議そうな顔でその様子を見ている。

鹿島は目を覚まさない。津田は、ホステスをよけさせ、鹿島の腹に手を触れた。そして体を揺すった。

なるべく頭が揺れないように、腹に触れたのだ。肩など、骨格が首に直接つながっているところを揺すると、どうしても頭が動いてしまう。

「鹿島さん。起きてください」

鹿島はそれでも目を覚まさない。

プロデューサーや、現場担当者は、そのころになってようやく異常に気づいた。

津田は店の従業員に言った。

「救急車だ! 早く!」

鹿島の容態を見て取り、津田の説明を聞いた救急隊員は、事態の緊急さを悟り、大学病院へ向かった。

すぐに開頭手術をする必要があると判断したためだった。街中の救急指定病院も、たいていは手術設備はととのっているが、それをうまく使いこなす医者がいるかどうかは別問題だ。

開頭手術は、虫垂炎の手術とはわけが違う。

病院に運ばれたとき、鹿島は意識を失ってからすでに三十分以上経とうとしていた。津田が付き添っていた。

倉本は、善後策を講じるため、警備会社へ報告に戻った。タック・エージェンシーの社員は、プロデューサーを送ったあと、社長を迎えにいくことになった。

医者は、鹿島の外傷を調べ、すぐに手術をすると言った。

手術の最中に、情婦がまず駆けつけた。高田が電話で知らせたのだ。

ほどなく高田が到着した。さきほどまでカラオケ・クラブでいっしょだった社員が連れてきたのだった。その社員の名は、西村といった。

高田は津田に尋ねた。

「いったいどういうことだ？」

高田は蒼《あお》ざめていた。

西村から事のあらましを聞いたときから、顔色を失っていた。

頭痛を訴えておかしくなる――その症状が三日まえに死んだ浅井と同じだったからだ。

「すぐに病院へ行かれるように、申し上げたのですが……」

津田は言った。

「すぐに……？　いったい、何があった？」

そのとき、津田は気づいた。西村はカラオケ・クラブに鹿島が現れる以前のことは詳しくは知らない。

津田が救急隊員に説明したことを脇で聞いていただけなのだ。西村は鹿島が襲撃されたことをまだ高田に話していないのだった。

「渋谷の路上で、襲われたのです」

高田は取り乱すまいとしていた。しかし、顔色はますます蒼くなり、落ち着きがなくなった。

「君らは何をしていた？」

「申し訳ありません。思いのほか、腕が立つ男で……」

「相手を見たのか？」

「はい」

「どんな男だった？」

「浮浪者みたいな男でしたよ。髪は伸び放題、髯も、もじゃもじゃで……」

パーティー会場に現れた男に間違いないと高田は思った。

そして、やはり浅井の死因は、その男に襲われたことにあるのも明らかだった。

「その男と鹿島は話をしていたか？」

「しておられたようです」

「どんな話をしていた？」

「わかりません。はっきりと聞こえませんでした」

「何か断片的なことでいいからわからないのか？」

「こちらも、普通の状態ではありませんでしたから……」

「どういうことだ？」

「自分らふたりも、かなり意識が朦朧《もうろう》としていました」

「相手の男にやられたのか？」

「はい」

「まったく……。プロだろうが……」

「面目ありません」

高田はひどく不機嫌だった。西村はこんな高田は初めて見た、と思っていた。高田はどちらかといえば、感情を表に出さないタイプだ。

何を考えているかわからない不気味なところがある、というのが周囲の者の共通した評価だった。

高田は恐怖と怒りと苛立《いらだ》ちで度を失っているのだ。

彼はふと気づいたように津田に言った。

「君たちは何ともないのか？」

「は……？」

「君たちふたりは平気なのかね」

「どういうことですか？」

「君たちも、相手の男にやられたのだろう？　頭痛がしたりしないのかね？　鹿島や……」

浅井と言いかけて高田は思いとどまった。西村が聞いているし、津田に、浅井も同じ男に襲われて死んだなどと教える必要はない。「鹿島は脳出血を起こしているんだ」

「おそらく……」

津田は考えながら言った。「私たちに対しては本気ではなかったのでしょう。あるいは、運かもしれません」

「運……？」

「喧嘩などで当たりどころが悪いと、たちまち重症になることがあります。同じ力で顔や頭に打撃を受けても、当たりどころがいいのと悪いのとでは大違いなのです」

「当たりどころだと……？」

ならば、鹿島と浅井はふたりそろってついてなかったというのか？

それはあり得ない。

ということは、やはり犯人は、こういう結果を狙っていたということになる。

そのあと、高田はむっつりと考え込んだ。誰も何もしゃべらない。

手術を担当していた医者が廊下の向こうから歩いてきた。

そのとき、津田は、やけに早いな、と思った。

医者は、一同の注目を浴びて立ち止まった。

代表して高田が尋ねた。

「どうなりました？」

医者は、苦い声で言った。

「十時三分でした。残念です」

医者は立ち去った。

誰もその言葉を聞きたくなかった。しかし、当然、予期はしていたはずだ。

まず、鹿島の情婦が壁にもたれるようにして泣き出した。

高田はさまざまな思いを胸に、立ち尽くしていた。

しばらくして、彼は意を決したように言った。

「警察に通報しなければならんな」


制服警官がふたり、病院へやってきた。警ら課の巡査と巡査部長だ。

病院は渋谷署管内だった。ふたりの警官は付近の交番から駆けつけたのだった。

巡査部長は、肩章に無線のマイクをつけている。

ふたりの警察官は、型どおりの質問から始めた。まだ、事件性があるとは思っていない。

しかし、話を聞くうちに、明らかに傷害致死か殺人の疑いがあることに気づいた。

巡査部長はただちに無線で連絡を取る。渋谷署の刑事捜査課と現場付近の移動――つまりパトカーが動き始めた。

当直の刑事が病院へやってくる。パトカーが、現場と思われる一帯を封鎖した。

当直の刑事のなかに、辰巳がいた。

彼はむっつりと無言で病院の廊下を歩いた。横には若い山田刑事がいる。

山田は巡査。辰巳は巡査部長だ。辰巳が山田の師匠という形になっている。

「僕らが当直の晩に……。ついてませんね」

山田は言った。

「じきについているだの、ついていないだのということすら考えなくなる」

辰巳は眠たげに言った。

冷やかな夜の病院の廊下。何度、このようなところを歩いたことか。

実際、人が死に、そのために駆けつけるというのが、彼の日常となってしまっている。

そして、殺人やそれに類する事件というのは、夜起こることが多いのだ。

辰巳は、警らの巡査部長をつかまえて、事のあらましを訊いた。

巡査部長の説明を聞きながら、彼は、その説明に登場する人物をひとりひとり見すえていった。巡査部長がいちいち指を差して教えてくれるのだ。

辰巳は話を聞き終わると言った。

「まず、医者の話だな……」

「医局にいるよ」

巡査部長が言う。「この廊下を行って、つき当たりを右だ」

辰巳はうなずいた。

「連中はどうする?」

巡査部長が、高田、西村、津田、それに鹿島の情婦だった女のほうを顎で差し示した。

「戻ってきたら話を聞く。しばらく足止めしておいてくれ」

「文句を言い出すやつがいるかもしれない。早く帰りたい、とな……」

「ここであと少しがまんしていなければ、明日、もっとずっと面倒なことになると教えてやってくれ」

「面倒なこと?」

「ああ。実を言うと、俺たちにとって面倒なことなんだがな……」

「なるほど」

辰巳は医局に向かった。山田がそのあとを追った。

「急性硬膜外血腫《けっしゅ》」

医者は言った。

「急性コウマク……。何です？」

辰巳はメモを取る手を止めて尋ねた。

「急性硬膜外血腫」

医者はもう一度言って、カルテの用紙に字を書いて見せた。「要するに、脳内出血の一種と考えていただいてけっこうです」

「卒中ですか？」

「そう。卒中というのは、脳をとりまく血管の障害を指すおおざっぱな言いかたです。大きく分けてふたつのケースがあって、そのひとつは血管が詰まる脳梗塞《のうこうそく》、そして、もうひとつは血管が破れる場合で、これを脳出血といいます」

「暴漢に襲われたのが原因ということですが……」

「急性硬膜外血腫は、外傷によって起こることがきわめて多いのです。そして、今回のケースは、その典型的な症例でした」

「ほう……？」

「まず被害者のかたは、暴漢に襲われて一度気を失われた。このとき、頭を強打したと考えていいでしょう。そのあと、すぐに意識を取り戻された。それからしばらくは何事もなく過ごしていたが、二時間ほど経って頭痛を訴え、やがてさらにその一時間後に意識が混濁し……」

「死んだ」

「そうです。頭を打って気を失うが、数分で回復。その後頭痛を訴え、三時間から六時間くらいで意識が混濁する——これが急性硬膜外血腫の特有の経過なのです」

山田と辰巳はメモを取り続ける。山田はB５判のルーズリーフに書き込んでいる。

医者の説明が続く。

「頭蓋骨《ずがいこつ》のすぐ内側には硬膜という膜がありその下にはくも膜があります。頭を強く打つなどの原因で、硬膜動脈が破損すると、出血は頭蓋骨と硬膜の間にたまります。それが脳を圧迫して頭蓋内圧をどんどん高くしていき、やがて死亡します」

「頭を打ったときに、すぐ病院で検査すれば助かったかもしれんのですな？」

医者はかぶりを振った。

「頭を打った直後は出血量が少なく、わからないのが普通です。簡単な検査では血腫が発見できないのです。それが、この症状のやっかいなところでしてね……。頭を強打した患者は、その後二十四時間、監視が必要なのです。頭蓋骨も骨折していないし、意識もはっきりしている。それで、たいていの医者は自宅へ帰してしまいます。だが、頭蓋骨の下ではじわじわと出血が続いているわけです」

「よくあることなんですか？」

「珍しくも何ともありませんね。たいていの事故に、この急性硬膜外血腫はつきものです。スキーで立木に激突した場合、交通事故で頭を打った場合、体操競技などでの転落事故……。原因はいくらでもあります」

「交通事故やスキーで木にぶつかったというのなら何となくわかりますが、暴漢に襲われたくらいで起きるものなのですか？」

「不可能ではありませんね。バットなどでフルスイングすれば……」

「そんなことをすれば、脳内出血を起こすまえに死んじまってますよ」

「例えばの話です。脳血管の障害を起こすのにこの程度、という衝撃の目安などありません。血管の強度にも個人差はありますし、頭蓋骨の強度にも個人差はあります。打ちどころというのもあります。ただ……」

「ただ……？」

「統計的に言うと、頭をぶつけたとか殴られたという日常的な打撲で急性硬膜外血腫はあまり起きません。頭というのは、もともとショックから脳や脳血管を保護するようなしくみになっているのです。きわめて脆弱《ぜいじゃく》ではありますがね……。日常的な打撲ではむしろ、慢性硬膜下血腫のほうが多い」

「慢性……硬膜下……血腫……」

辰巳はすでに硬膜という言葉と血腫という言葉を理解していたので、繰り返すことができた。「どう違うんです？」

「血腫のできるスピードと場所が違います。急性硬膜外血腫は硬膜の外側、つまり硬膜と頭蓋骨の間にできますが、慢性硬膜下血腫は硬膜の内側、つまり硬膜とくも膜の間で起きるのです。また、急性硬膜外血腫は、だいたい二十四時間以内に異常が出て死亡するくらい急速に血腫が形成されますが、慢性硬膜下血腫は、じわじわとゆっくり形成されていきます。そして、一、二カ月経つと、記憶力が落ちたり、手足がしびれたりといった障害が起こってきます。そのまま放置しておけば、やはり死に至ります」

「先生、こいつは、傷害致死か殺人かの分かれ目になるとき、参考になるかもしれないんで訊くんだが……。その……、狙って、急性硬膜外血腫だの、慢性硬膜下血腫だのを起こさせるのは可能ですか？」

「どちらかを選択的に起こさせようとするのは難しい」

「ふむ……」

「ですが、どちらかを起こさせようとするのはごく簡単です。さらに、頭蓋骨骨折による脳挫傷《のうざしょう》などを含めてもいいとなれば、話はもっと簡単になります。鈍器で頭を殴りさえすればいい。そうすれば、約六割から七割の確率で今言ったどれかが起こるでしょう。そのうちの六割は死ぬでしょう」

「つまり、頭を鈍器で強打すれば、六割かける六割で、三割から四割の人が死亡する、と……?」

「そう。よくテレビドラマなどで、拳銃で頭のうしろを殴って気絶させるシーンがありますね」

「ええ……」

「頭を打って気を失った場合、六割は生命の危険があると考えなければなりません。私に言わせれば、銃で撃たれたほうが、まだ生存率は高い。拳銃のような重たい鈍器で頭を殴るのは殺意があるとしか思えませんね」

「そこが、まあ、法律の難しいところで……」

辰巳は手帳を閉じて言った。「脳外科の常識が一般人の常識と同じとは限らないのです」

「そうでしょうね……」

「遺体は司法解剖に回すことになります」

「うちの法医学科の誰かがやることになるでしょうな」

「また、お話をうかがいに来るかもしれません」

「どうぞ」

辰巳と山田は礼を言って医局を出た。

5

次に、辰巳は、警備保障会社の津田に、現場の詳しい話を聞いた。

「このあと、現場へ付き合っていただけますか?」

辰巳は尋ねた。

「ええ。いいですよ」

津田は迷惑そうな顔をしたが、そう言った。

辰巳は、津田の見かけに対して、反感も先入観も抱かなかった。ヤクザの相手は慣れている。

辰巳は、続いて高田に近づいた。

そのとき、辰巳は、独特の違和感を感じた。何ともいえない感じだ。

それは純粋に感覚的なものだ。高田とは初対面だし、どういう人物なのかも聞いてはいない。

だから、高田を見たときに感じた違和感は理屈ではあり得なかった。

長年刑事をやってきたので、その違和感がどういうときに感じられるかを経験上知っている。

辰巳の五感プラス第六感が、相手の異常な緊張、恐怖などに反応するのだ。たいていの人間は、刑事に質問をされることなどない。

だから、刑事の訪問を受けると、普通は緊張してしまうものだ。だが、過度の緊張は、何かの兆候だ。

「お話をうかがわせてください」

辰巳はさりげなく言った。手帳を見ている。相手の眼は見ない。

相手の眼を見ることは、プレッシャーをかけることになる。刑事は、効果的にプレッシャーをかけるのだ。

そこは廊下で、警備保障会社の津田もいれば鹿島の情婦だった女もいる。

「できれば、人のいないところで話をしたいのですが……」

高田が言った。

ひどく緊張してはいるが、同時に冷静でもある。

この男は、自制心が強い――辰巳はそう判断した。自制心が強い男が、何か隠し事をすると、なかなかやっかいだ。

恐怖に負けたり、怒りで我を失ったりということがない。

辰巳は山田の顔を見た。山田がうなずく。

「どこか、探して来ます」

彼は、受付のほうに駆けて行った。ほどなく彼は戻ってくる。彼は言った。

「夜間は外来の診察室が空いているそうです。そのひとつの鍵《かぎ》を開けてくれるといってます」

辰巳はうなずいた。

辰巳、高田、山田の三人は、紺色のカーディガンを羽織った看護婦に案内されて、診察室に向かった。

診察室に入ると、辰巳は、まず、高田を患者用の椅子《いす》にすわらせた。

辰巳と山田は立ったままだ。

辰巳が何か言うまえに、高田が言った。

「ここでお話しすることが公になることはあるのですか？　マスコミに洩れるとか、裁判で使われるとか……」

辰巳はゆっくりとかぶりを振った。

「ありません」

「本当ですね？」

「われわれの参考にするだけです。発言が公判で使われるような場合は、お話をうかがうまえに、こちらからその旨《むね》をお断りしておかなければならないのです」

高田は、辰巳から眼をそらして、その眼をせわしく左右に動かした。迷っているように見えた。

辰巳は、待つことにした。

やがて、高田は視線を辰巳に戻した。彼は言った。

「これから話すことが公になったら、会社も私個人もたいへんな不利益を被《こうむ》ることになります」

「ご安心ください」

言葉の内容とは裏腹に、冷やかな調子で言った。

「あなたの発言は警察の外には洩れません」

高田は、うなずき、言葉を探すように間を取ってから話し始めた。

「鹿島は渋谷の路上で暴漢に襲われました。死んだのはそれが原因だと思います。鹿島はうちの会社の取締役営業本部長でした。実は……」

唾《つば》を呑《の》み下す。「実は、わが社の取締役がもうひとり、三日まえに死んでいるのです。きのう葬儀を終えたばかりなのです」

辰巳は興味を覚えたが、それを顔には出さなかった。黙ってうなずき、話の先をうながした。

「主に社の内務を担当していた専務取締役で、浅井という男です。浅井の死にかたは、鹿島とよく似ていました。まったく同じと言っていい……。頭痛がすると言い出して、帰宅し、布団に入ってそのまま死んでしまったのです。そして、浅井は頭痛がすると言い出す約二時間ほどまえに、やはり暴漢に襲われているのです」

「襲われた……？」

「そう。場所は六本木です。私たちはあるディスコでパーティーを開いていました。会社の創立三十周年記念のパーティーです。そこに私たち三人を訪ねてひとりの男がやってきました」

「三人？」

「私と浅井と鹿島です。浅井はその男の話を聞こうと外へ出ました。帰りが遅いので、私は社の者に探しに行かせました。三人の社員が外に探しに行き、倒れている浅井を見つけたのです」

「その男に襲われたのだ、と……？」

「鹿島を襲った男の人相風体を、警備会社の人間から聞きました。パーティー会場へやってきた男としか思えないのです」

辰巳は、大きく息を吸い、それから吐き出した。

「その男は、なぜパーティー会場であなたがた三人の名前を言ったのでしょう？」

「わかりません。私たち三人は共同経営者ですから、それが理由なのかもしれません」

「共同経営者？」

「そう。もともと、私と浅井、鹿島の三人で会社を始めたのです。最初は、地方のキャバレーを回るドサ回りの歌手やバンドのマネージメントをやっていました。そのころはまだ、ジャズのビッグバンドなんかが稼げる時代でしてね……」

「三人が共同経営者だということは公にされていたのですか？」

「ええ。特に、業界の人間なら誰でも知っていたと思います」

「それで、おたくの会社に怨《うら》みを抱くような人物の心当たりは？」

「ありません。いや、あり過ぎてわからないというべきでしょうか……。競争の激しいところですからね、芸能界というのは。金にもうるさい。当然、ヤクザとの付き合いもあるし、社員のなかには、ヤクザ者の機嫌をそこねた者もいるかもしれない。オーディションに落ちた、ちょっと頭のおかしい若者の逆怨みということも考えられますからね……」

辰巳は、高田が例に上げたものはどれもぴんとこなかった。

「浅井さんが被害にあわれたとき、警察には連絡しましたか？」

「いえ」

「なぜです？」

「それほどのことではないと思っていたからです。確かに、暴漢に襲われるというのは、ちょっとした出来事かもしれませんが、その後、彼は元気のようでしたし……」

「しかし、その夜、亡くなられた……」

「脳卒中だという知らせを受けました。暴漢に襲われたことが原因とは思いませんでしたからね」

「しかし、鹿島さんが襲撃され、まったく同じような亡くなりかたをなさった……。それで警察に通報する気になったというわけですか？」

「そうです」

「鹿島さんが亡くなって、初めて浅井さんも同じ原因で亡くなったのではないかと思ったわけですね」

「そのとおりです」

話の辻褄《つじつま》は合っていた。

高田が異様に緊張している理由も説明がつく、と辰巳は考えた。

三人の共同経営者のうち、ふたりが死んだ。次は高田の番かもしれないのだ。

辰巳は、もう一度、浅井が襲われたときのことを詳しく尋ねた。

高田は協力的に質問にこたえた。

そのあと、辰巳は訊いた。

「浅井さんや鹿島さんとはどこでお知り合いに……？」

「え……？」

高田は、その質問が意外だったらしく、目を丸くした。

「若いころからのお知り合いなのでしょう？」

「ああ……。ええ、ふたりとは高校のころからの知り合いです」

「お郷《くに》は？」

「九州。博多です」

「東京へはいつ？」

「商売を始めに上京したのです。三十年ほど前のことですよ」

「なるほど……」

辰巳はそれで質問を終わりにした。「どうもありがとうございました。また、お話をうかがうことになるかもしれません」

「私の身の安全は……？」

「充分に考慮します。では……」

高田はこの辰巳のこたえに満足はしなかっただろう。しかし、今の辰巳にこれ以上のことは言えなかった。彼に捜査の指揮権があるわけではない。

辰巳は診察室を出ると、鹿島の情婦だった女をつかまえ、ひととおりの質問を済ませた。

そのあと、もう一度、警備会社の津田のところへ行った。

「さて、現場までご足労願えますか？」

「行きましょう」


山田が覆面パトカーの運転をした。病院から現場までは、約十五分かかった。

制服警官と、渋谷署刑事捜査課鑑識係が現場の保全を行なっていた。

辰巳は、どういう状況だったのかを、津田に尋ねた。

津田は、指差しながら話し始める。

「あの角を曲がってこのあたりに来たとき、犯人の声が聞こえました」

「何と言ったんです？」

「鹿島さんの名前を呼んだんです。鹿島さんは振り返って、言いました。何者だ、とか何とか……。何と言ったかは正確に覚えていませんが、とにかく犯人に声をかけました。私と、私の相棒は楯になるように、前に出ました」

「相棒？」

「はい。私は、相棒とふたりで鹿島さんをボディーガードしていました。倉本という男です。倉本は、社に報告に戻りました」

辰巳はうなずいた。

「それで？」

「私たちと犯人は乱闘になりました」

「乱闘？」

「はい。鹿島さんを守るためでした。それが仕事でしたから……」

「二対一か？」

「はい……」

「だが、相手は目的を果たした。つまり、あんたたちは、阻止できなかったんだな？」

「そういうことになります」

いさぎよく認めるもんだな——辰巳は思った。

「相手は何か持っていたかね？」

「武器ですか？　いいえ、素手だったと思います」

「あんたたちは腕に覚えがあるのだろう？」

「自分はボクシングをやっていますし、倉本は空手の段持ちでした」

「それが、ひとりの相手を阻止できなかった……」

「はい。自分は投げられ、倉本はちょうど空手の掌底《しょうてい》のような突きをくらって……」

「その男も、何か武術とか格闘技の心得があるということかね？」

「そう思います」

「鹿島さんも何かの技でやられたわけかな？」

「そうかもしれません。自分には、鹿島さんが何をされたのかよくわかりませんでした」

「あんたの相棒は見ていたかね？」

「見ていたと思いますが、相棒にもよくわからなかったようです」

「一度、その相棒にも話を聞く必要があるな……」

「ただ、大きな鈍い音がしたのを覚えています」

「音？　どんな？」

「何といったらいいか……。固いものがぶつかるような……」

「何か、鈍器で頭を殴った音じゃないのかね？」

「そんな音です。しかし、犯人は確かに素手でしたよ。何も持っていませんでした」


翌日、渋谷署に殺人事件の捜査本部が設けられた。

浅井が被害にあったのは麻布署管内だが、その件については通報がなかったため、結局、渋谷署の案件となったのだった。

辰巳は、まず、津田がつとめる警備会社へ出向き、倉本に津田にしたのと同じ質問をした。

津田のこたえと倉本のこたえはほぼ一致した。

津田も、鹿島が犯人に何をされたのかよくわからなかったという。

それは、ほんの一瞬の出来事だったということを辰巳は理解した。

署に戻ると、辰巳は、犯人らしい男を目撃した者たちに、前科者のリストを見せた。いずれ、高田、津田、倉本の三人に協力してもらい、モンタージュ写真を作ることになるだろう。

被害者の周囲の聞き込みに行っていた連中が戻ってきて、情報の突き合わせが行なわれた。

ひとりの刑事が言った。

「浅井淳、五十二歳。福岡県出身。現住所は所沢市……」

浅井淳には妻とふたりの子供がいるということだった。両親は他界している。

福岡市内の中学、高校を卒業。その後のことはよくわかっていない。

別の刑事が、鹿島のことを話し始めた。鹿島一郎、五十一歳。浅井淳と同じく福岡県福岡市出身。現住所は、港区赤坂八丁目。離婚歴があり、子供はいない。

やはり、高校卒業後のことはよくわからない。東京に出て来てからは、浅井も鹿島も、あまり福岡時代のことを他人に話さなかったようだ。

鹿島の情婦だった女は、石川亜紀子という名だった。三十二歳だ。

彼女も、東京に来るまえの鹿島を知らなかった。昔の話は聞いたこともないという。

川上という名の中年部長刑事がつぶやいた。

「おかしいな……」

「何がだ？」

誰かが尋ねる。

辰巳はそのやりとりをぼんやり聞いていた。本来なら、当直明けで休みのはずだった。

捜査本部が立つというので出てきたのだ。ゆうべから働き詰めで疲れ果てていた。

川上が言う。

「愛人に、ふるさとの話もしねえなんてな……。浅井ってマル被《ヒ》は、家族持ちだろう？　家族も、福岡時代のことを知らないってのは……。ふたりとも昔のことを隠しているようじゃないか？」

「そうかもしれんが、そうでないかもしれん。今どき、家族の対話なんて望めねえからな」

「自分ん家《ち》のこと言ってんじゃねえよ……。会社の人間も知らないんだろう？　親しい人間にゃ、昔話のひとつもするもんだよ。家族も愛人も、会社の部下や同僚も、誰も知らないってのは、何だか不自然だと思わないか？」

捜査一係長の声がした。

「福岡県警に問い合わせてみよう。何か資料があるかもしれん。それと……。辰《た》っつぁん」

辰巳は、自分が呼ばれているのに、一瞬気がつかなかった。山田に突つかれてから、返事をした。

「辰っつあん。おまえさん、高田社長のところへ行って、モンタージュ写真を作るのに協力してくれるよう頼んでみてくれ。そのときに、福岡時代のことを尋ねてみるんだ」

「……わかりました」

「だが、それは明日の話だ。今日はもう帰って寝ろ」

「ありがてえや……」

辰巳はのろのろと立ち上がった。

6

辰巳は、自宅がある東急新玉川線桜新町駅までやってきた。

だが、まっすぐ帰宅したわけではなかった。帰り道にある竜門整体院に寄ったのだ。

「あら、予約は四日後でしたよね」

真理が言った。

「一日も早く真理ちゃんの顔が見たくてな……」

「うれしいわ。でも、本当は先生に何かを訊きに来たんでしょ」

「真理ちゃん、刑事になれるぞ」

「何だかずいぶん疲れてるみたい……」

「ゆうべはほとんど徹夜だしな、今日はあちらこちらと歩き回っていた」

「死んじゃっても知らないから」

真理は本当に腹を立てたような顔をした。

「だいじょうぶだよ。先生は仕事中かい?」

「患者さんはみんな帰ったわ。施術室で何かやっているみたいよ」

辰巳はうなずき、奥へ進んだ。施術室のドアをノックして開ける。

竜門が施術台の上であおむけになり、全身をくねくねと動かしていた。

「何やってんだ? 先生」

「自己矯正です」

「自分で自分を治せるのかい?」

「ある程度はね……。やはり人に施術してもらうのが一番ですがね」

竜門は、辰巳に、「何しに来た」とも「何の用だ」とも尋ねない。

彼がやってくる目的がだいたいわかっているのだ。

竜門は起き上がり、部屋の隅にある机のところへ行き、椅子を横向きにしてすわった。

辰巳は施術台に腰を降ろす。腰を降ろすと、辰巳は、小さなうめき声のような吐息を洩らした。

「年にゃ勝てないってのは本当だな、先生。徹夜がこたえる……」

「腰の調子がよくないのですか？」

「いや、そっちのほうはいいんだ。先生、急性硬膜外血腫って知ってるかい？」

「知っています。脳出血の一種です」

「じゃあ、どうしたら起こるかも知ってるな……」

「通常、頭をひどく強く打ったときに起きますね」

「そいつを起こさせることを目的とした武術の技なんてのはあるかい？」

竜門はじっと辰巳の顔を見た。驚いているのだ。

「どういうことです？」

「言ったとおりの意味さ」

「さあ……。僕にはわかりませんね」

「免許皆伝の先生でもわからねえか……」

「そりゃそうです。古今東西すべての武術の技を知っているわけじゃありません」

辰巳が言ったとおり、竜門は常心流という古流武術の免許皆伝だ。竜門が身につけた整体術は、もともと常心流に伝わっていたものだ。

古武術には必ず治療術が伝えられていた。柔道整復師――いわゆる骨つぎというのはその名残りだ。

中国武術各門派にも、独自の治療術や漢方薬の処方が伝わっていた。

武術が格闘技と呼ばれるようになり、専門化、あるいはスポーツ化することによって、そうした治療術は失われていった。

古来、武術というのは、戦いを核とした生活文化のことだった。立ち振るまいや礼儀作法などから始まり、武器の扱い、徒手による技の心得、体さばき、泳法など、兵法者として生きるためのあらゆる手段を網羅していた。

当然、医学的知識も必要となる。武術とともに発展してきた東洋医学は、生きた人間を相手に培《つちか》った膨大な経験則の集大成だ。

死人を解剖したところから発展した西洋の医学とは根本から違っている。

もともと、武術と医術は切り離せないものだった。敵をただちに殺したり無力化するためには、体のしくみや働きをよく知っている必要があるのだ。

何も知らず勘で戦って強い者もいるが、その強さは術として、あるいは流派として伝えることはできないのだ。

現在、整体術や治療術を伝えている門派は限られている。いずれの門派でも奥伝だ。

「そりゃそうだろうが、あんたほどの武道家はほかに知らんのでな……」

「僕は武道家じゃありません」

竜門はあくまでも静かな声で言った。「整体師なのです」

辰巳はおおげさに溜《た》め息をついて見せた。

「わかってるよ。武道家として生きることを捨てたのだと言いたいのだろう」

「いや、ただ逃げただけですよ」

「逃げた、などという言いかたをするのが、まだ武道家でいる証拠だ。逃げた結果が整体師かい？　世の中の整体師や整体師を志す人に対して失礼だぜ」

「挫折《ざせつ》したのだと言いたいのです」

「皆伝まで取った人のことを挫折とは言わないんだよ、先生。あんたは、若い時分に、好きな娘の目のまえで人を殺しちまった。そいつが心の傷になっているわけだ。だが、話を聞くとそれは正当防衛の範囲内だし、あんたも罪には問われなかった」

竜門は何も言わなかった。

「チンピラにからまれたんだ。身に降る火の粉ってやつだ。それに、あんたは好きな娘を守らねばならない立場だった。若気のいたりと言ってもいいかもしれない」

竜門はそのときのことを思い出していた。

三人のチンピラに囲まれた。

避ければ避けられる喧嘩だった。しかし、女の子のまえでいいところを見せたいという気があったのだ。

辰巳の言うとおり若気のいたりだ。

だが、そのあと起こったことは若気のいたりでは済まなかった。

竜門は喧嘩が始まったとたん、恐怖に度を失ってしまったのだ。殴られ蹴られ、完全に我を忘れた。

気がついたら、血まみれの相手の顔面を力の限り殴り続けていた。その相手は死んだ。

連れの女の子はその姿を見ていた。彼女はそれ以来竜門に会おうとしなかった。

竜門にとって問題だったのは、自分が恐怖に負けた点だった。

体を鍛え、技を磨いていただけに、度を失い、限度を忘れると、これほど危険なものはない。

竜門は、その後、自分の武術を封印しようと考えたのだった。

辰巳はさらに言った。

「あんたは武術の達人だということを、真理ちゃんにも話していないらしいな。そういう生きかたはいつしか隣人を傷つけることになる。もっと楽になんなよ、先生」

竜門は辰巳を見た。

「そんな話をしに来たのですか?」

「そうじゃない。話のついでというやつだ。先生の武術の知識が頼りなんだ」

竜門はしばらく無言で考えていた。

やがて彼は言った。

「どんな武術の技でも、急性硬膜外血腫を起こさせる可能性はあります。だが、確実とは言えない」

「例えば……?」

「きわめて強力な技が、側頭部に決まれば、相手が死ぬ確率は高くなります。それはどんな種類の技でもありうるのです。振り猿臂《えんぴ》という技があります。肘《ひじ》を振って顔面や側頭部に叩き込むのですが、これがきれいに決まれば、急性硬膜外血腫が起きても不思議はない。ヘビー級のボクサーのベアナックルが、一般人の側頭部に叩き込まれても、同じことが起こり得るでしょう」

「側頭部?　側頭部ということに何か意味があるのかい?」

「頭部の急所なのです。頭のなかの急所は、通常、頭蓋の接合部に沿った部分にあります。最も有名なのは、頭頂の百会《ひゃくえ》のツボで、ここは任脈と督脈という気のバッテリーの結接点でもあります。側頭部も百会と並ぶ重要な急所で、ツボでいうと、承霊、角孫《かくそん》、顱息《ろそく》などがそれに当たります」

「耳の周囲が急所だというのは聞いたことがある。相手を気絶させようと思ったら、迷わず、耳の下か後ろを殴れと教わったことがあるような気がする」

「殺そうとするときは、耳の上を狙います。そのあたりの頭蓋骨の内側には、上下に走る枝状の深い溝があります。そのなかに硬膜動脈と呼ばれる血管が収められているのです。側頭部を強打して、この部分を骨折すると、この硬膜動脈に傷がついて出血する。そして、血腫ができるわけです」

「なるほど……。……で、最もそういうことが起こりやすいのは、どういう技をくらったときだね?」

「断言はできません。さきほども言ったように、どんな種類の打撃でも、充分に強力なら起こり得るのです」

「あえて言うとしたら……?」

竜門は慎重に考えているようだった。

辰巳は何も言わず、竜門が口を開くのを待っていた。

しばらくして竜門は言った。

「そう……。ひとつはヘビー級ボクサーのベアナックルですね。これは、体重差が大きいほど起こりやすいでしょう。体重差はそのままパンチ力の差であり、体の頑丈さの差となりますからね。もうひとつは、空手やムエタイ、跆拳道《テコンドー》などで使われる後ろ回し蹴り」

「後ろ回し蹴り……？」

「そう。跆拳道ではパンデトルリョチャギと呼ばれています。この技は、回転の力、つまり角運動量を利用するので、きわめて強力です。しかも、固い踵《かかと》を相手に叩き込む危険な技です。後ろ回し蹴りが、きれいに側頭部に決まったら、骨折する可能性は高い。そして、側頭部を骨折すれば……」

「硬膜動脈が傷つき、急性硬膜外血腫が起きる……」

「そうです」

「しかし、空手やムエタイ、跆拳道で、そうそう人が死ぬとは思えない」

「稽古《けいこ》や試合で、後ろ回し蹴りのような大技がクリーンヒットすることは少ないですからね。それに、体を鍛えると、骨も丈夫になるのです。頭蓋骨の頑丈さは体格に比例すると言われています。鍛えている者同士が技を出し合っても事故は少ない。ですが、事故は起きているはずですよ」

「そういえば、慢性硬膜下血腫というのが別にあって、こっちのほうは、通常の打撲でもよく起きるそうだな？」

「起きますね……。頭を実際に蹴ったり殴ったりしていたら、どんなに鍛えていても早晩影響は出ますよ。そして、そういう事故は、強い人間ではなく弱い人間に起きやすい。および腰になったり、目をつむって顔をそむけたようなときに、危険な事故が起きます。気がもともと強い人間というのは、臆病《おくびょう》な人間がどうしても顔をそむけたり、および腰になったり、後ろへ退《さ》がったりしてしまう気持ちが理解できないのです。だから、指導者は、やみくもに退がるな、顔をそむけるな、と教える。それがこわくてたまらない人間もいるのです。そういう人間はけがをしたり、壁にぶつかったりして、結局、格闘技をやめてしまいます。格闘技や武道というのは、強者になるためのものではなく、強者のためのものなのかもしれません」

「先生はすぐにそういう言いかたをしたがるが、そいつは格闘技に対する近親憎悪なんじゃないのかい?」

竜門は口をつぐんだ。

ふと彼は、感情に走りかけた自分を恥じているように見えた。

武術や格闘技にたずさわる者は言うまでもなく、強くなりたいと思って始めるのだ。しかし、竜門の言うように、強者のための格闘技としかいえないものが存在するのも事実だ。

そして、けがをしたり、嫌気がさしたり、壁を越えられなかったりして、格闘技や武道をやめてしまう人間が思いのほか多いのも事実だ。

竜門はそれを残念に思っているのかもしれない。

だが、彼は、その話題を打ち切ってしまった。しゃべり過ぎたと感じているようだった。そんなとき、竜門はいつにも増して無愛想になる。

「まあ……」

竜門は言った。「頭を打つのは武道や格闘技だけとは限りません。ラグビーで頭を打つ事故はつきものですし、野球のデッドボールのほうがむしろ空手の蹴りなどより危険かもしれません」

「跆拳道か……」

「え……？」

「跆拳道ってのは、韓国の格闘技だったよな……」

「そうです。国際跆拳道連盟の崔泓熙《チエホンヒ》総裁が創始した格闘技で、ソウル・オリンピックで一躍有名になりましたね」

「韓国と福岡か……。近いといえば近いが……。福岡には、在日韓国人も多い。北九州の炭鉱に、韓国人・朝鮮人を強制連行して働かせた歴史の名残りだ」

「実はな……。相次いでふたりの男が死んだ。ふたりとも脳出血だった。そのうちのひとりは、打撲による急性硬膜外血腫で、どうやら、もうひとりもそうらしい。ふたりは同じ男に襲われたと見られている。襲われた直後はぴんぴんしていたが、その何時間後かに死んだ。目撃者によると、その犯人は素手だったということだ」

「何の話です？」

竜門は何も言わない。

辰巳は説明を続けた。

「死んだのは、タック・エージェンシーという芸能プロダクションの三人の共同経営者のうちのふたりだ。専務取締役の浅井淳と取締役営業本部長の鹿島一郎。三人の共同経営者の残りひとりは社長の高田和彦。彼はまだ襲われてはいない。つまり、生きている。三人の出身は福岡で、高校生のころからの付き合いだということだ。だが、彼らの福岡時代のことは……」

「ちょっと、待ってください」

竜門は辰巳を制止した。「そこまで説明してくれとは言っていません」

「もう言っちまった」

「捜査上の秘密も含まれているのでしょう。ふたりが殺された、などとは新聞には載っていなかった」

「そうだ。あんたは、警察の秘密を知っちまったわけだ」

「そちらが勝手にしゃべったのです」

「だが、あんたが聞いてしまったのも事実だよ」

「もう忘れました」

「そうかな……。先生は、もの覚えがいいほうだと思っていたがな……」

「その考えは改めたほうがいい」

「先生。そう言わずに、協力してくれ」

「僕はもう充分に参考になることを話したはずです」

「福岡に跆拳道をやる人間は多いのかい？」

「さあ、知りません。でも、福岡に特別多いとは思えませんね」

「だが、福岡には韓国系の人が多く住んでいるのも事実だ。そして跆拳道は今や韓国の国技だ……」

「犯人が跆拳道を使ったとは限りませんよ。後ろ回し蹴りのような蹴り技は、空手やムエタイ、その他いろいろな格闘技にもあるのですから」

「だが、蹴り技の多彩さでは、跆拳道がトップだというじゃないか」

「そうですね……。僕が跆拳道をあえて例に出したのは、ある噂話《うわさばなし》が頭に浮かんだからです」

「噂話？　どんな？」

「ブルース・リーの死因についての噂です。ブルース・リーは、跆拳道の達人と試合をし、頭を蹴られたのです。それが、死の原因だというのです。その説を信じている人は少なくありません」

「つまり、ブルース・リーは、今回の事件と同じで、急性硬膜外血腫で死んだのだ、と……」

「あるいは、慢性硬膜下血腫……」

「跆拳道の蹴りというのはおそろしいものだな……」

「さあ、僕はこれ以上のことは何もわかりません。脳内出血のことを訊きたかったら、脳外科へ行ってください。跆拳道のことが知りたいのなら、国際跆拳道連盟の日本支部へでも行ったほうがいい」

「そうだな……。そうするか……」

辰巳はぶつぶつといった調子でそうつぶやくと、よっこらしょ、と言いながら立ち上がった。

「邪魔したな、先生」

竜門はこたえない。

「真理ちゃんを早く口説けよ。他の男に取られてからじゃ遅いんだぜ」

それでも、竜門は何も言わない。

辰巳は施術室を出た。

辰巳は、いよいよ疲れ果てていた。彼は真理に別れの挨拶《あいさつ》を言ってそのまま自宅へ帰った。


竜門は辰巳が出て行ってからも、椅子にすわり、同じ姿勢で考え込んでいた。

彼は、実を言うと、辰巳の話にたちまち興味を覚えたのだった。頭を強打して、必ず死に至らしめる技——それは無視し難かった。

どんな武術のどんな技ならこれが可能なのか、ぜひとも知りたいと思い始めていた。

それは、空手の三年殺しといった技と同じくらいの不気味さを持っている。不気味であるというのは、武術においてそれだけ魅力的だということだ。

跆拳道の蹴りである可能性は高い。竜門はそう思っていた。跆拳道の蹴り技の多彩さはムエタイをもしのぐ。

そして、破壊力もトップクラスなのだ。

跆拳道は競技の場で見られる姿より、実際はずっとおそろしい武術だ。だが、どんなに強力な蹴りでも、確実に脳内出血を起こさせることは難しいような気もした。

突きやパンチでは威力が小さ過ぎる。やはり蹴り技の可能性が高いと竜門は思った。では、何か特殊なテクニックを用いた蹴りなのか……？

辰巳に言った言葉とは裏腹に、竜門はそれをつきとめたいという衝動を抑えられそうになかった。

7

「お先に失礼します」

真理が片付けを終えて竜門に声をかけた。

「お疲れさま」

竜門が声を返す。

真理が帰って行った。

竜門は、洗面所へ行った。鏡に自分の顔を映し出してみる。

冴《さ》えない男が鏡のなかから竜門の方を見つめている。

「タック・エージェンシーといったか……」

彼はつぶやいた。

竜門は、戸棚を開け、整髪用のジェルを取り出した。それをしばらく見つめている。

やがて、そのジェルを手に取って髪にまんべんなくなでつけた。強力なセット力を持つハード・ジェルだった。

サイドを後方に流して、前髪を持ち上げる。

それだけで、鏡のなかの竜門は豹変《ひょうへん》した。とらえどころのない印象が一変して、きわめて精悍《せいかん》な感じになった。

顔のつくりまでが変わってしまったように見えた。

甘いマスクだった。顎が細い。だが、頬がそげ落ちていて、その点が男らしさを強調している。

濃く長い眉の下で、両眼が鋭く光り始める。昼間の施術室では見られない眼の輝きだ。

白衣を脱ぎ、ロッカーのなかにあったワイシャツを着る。ペイズリー柄のネクタイを締め、すそに折り返しのあるダブルタックのスラックスをはく。

その上に、三つボタンのブレザー・ジャケットを羽織った。

荒々しいが、上品な、夜の街を徘徊《はいかい》する野生の獣が目を覚ましたように感じられる。

竜門は整体院を出て、東急新玉川線桜新町駅に向かった。


渋谷にやってきた竜門は、道玄坂を登り、途中で右の路地に入っていった。東急本店通りへ抜ける路地だった。

渋谷の街は常に変化し続けているが、奇跡的に姿を変えぬものが残されていることもある。

『トレイン』は、そうした奇跡のひとつに違いなかった。ジャズを流すバーで、売りものは酒ではなくジャズを大音響で吐き出すオーディオセットだ。

六十年代から七十年代にかけて人気があったジャズ喫茶の伝統を受け継いでいる。

ジャズのレコードを聞き、哲学的な思索にふけるための店――今どきこんな店に来る客は変わり者かもの好きだ。

竜門も、マスターの岡田英助に用があるときしかやってこない。

重たいドアを開けると、ジョン・コルトレーンのサックスの攻撃をもろに受けた。

客はいない。カウンターのなかにマスターの岡田がいるだけだ。

マスターはにこりともせず、竜門にうなずきかけ、すぐに目を読みかけの雑誌に戻した。

竜門はカウンターに向かってすわった。マスターがもう一度竜門を見る。注文を尋ねているのだ。

「ブッシュミルズ」

竜門はアイリッシュウイスキーの名を言う。

岡田は棚からショットグラスを取り出し、竜門のまえに置く。ブッシュミルズを注《つ》ぐ。

そうしておいて、ようやくオーディオのボリュームを下げた。

「それで？」

岡田が尋ねる。「何を知りたくて来た？」

「ジャズを聴きに来た」

「ほう。冗談が言えるようになったとは驚きだ。人間は進歩することもあるらしい」

「タック・エージェンシーというのを知っているか？」

「芸能プロダクションのタック・エージェンシーなら知っている」

「詳しく知りたい」

「共同経営者三人のうち、ふたりが死んだ」

「知っている。だからやってきたんだ」

岡田は決して穿鑿《せんさく》しない。彼は遠くを見るような目つきで言った。

「芸能プロダクションじゃ珍しいこっちゃないがな、その三人はもとヤクザ者だ。もっとも、どこかの組にちゃんとゲソづけしていたかどうかは知らない。タックを作ったときは、まだ三人ともチンピラだ。二十歳になるかならないかだったはずだ」

「調べたわけでもないのによく知っているな……」

「タックは、昔、ジャズ関係者だったからな。米軍とうまい商売をしたり、ビッグバンドの上がりをかすめたり、ボーカルの女に売春もどきのまねをさせたり……。そのうち、芸能界でのしてきて、体裁をととのえたってわけだ」

「連中を怨みに思っている人間を調べ出せるか？」

「情報は売る。だが、探偵や警察のまねはやらない。領分をわきまえているから、俺はさまざまな人間に信頼されている」

「社長の名は何といったっけな？」

「高田和彦」

「写真は手に入るか？」

「手に入ると思う」

「住所も知りたい」

岡田はうなずいた。

「他には？」

「共同経営者の三人は福岡の出身だということだが、東京に出てくる以前のことがわかれば……」

「連絡する」

竜門はブッシュミルズを飲み干し、財布を出した。カウンターに一万円札を二枚置く。

彼は立ち上がった。

岡田は一万円札をポケットに押し込むと、オーディオセットのボリュームを上げた。

竜門が店に入ってきたときと、まったく同じ恰好で雑誌を広げる。ジャズの専門誌だった。

竜門はコルトレーンのサックスに追い立てられるように『トレイン』を出た。

街のなかを歩きながら、竜門は考えていた。

街のなかの喧嘩というのは、確かに板張りの床の上や畳の上で戦うのとは違う。道場ではどうということのない技が、街中では殺し技に変化したりする。

いい例が、アスファルトを敷きつめた地面だ。

足を払われて転んだり、投げられたりというのが、ずっと危険なものになる。脳震盪を起こして倒れるのも危ない。

アスファルトに頭を打ちつけると重大なけがをすることになるし、悪くすれば死ぬこともある。

歩道と車道のような段差はさらに危険だ。逆に言えば、そうしたものを利用するのが街中で戦うこつだともいえる。

都市には都市の戦いかたがあるのだ。武術や護身の法も、それなりに変化していかなければならないのかもしれない。

犯人は、固いアスファルトを利用したとも考えられる。

体勢を崩しておいて頭を地面に叩きつけるのだ。

(いや、違うな……)

竜門は自分で自分の仮説を否定した。

もし、それをやったのなら、被害者は、その場から救急車で運ばれているはずだ。

被害者はふたりとも、襲われた直後は元気だったと辰巳は言っていた。

それが急性硬膜外血腫の特有の経過であることを、竜門も知っていた。頭を強打した者は、すぐに元気になったからといって安心してはいけないのだ。

いったい、何が起こったのか――。

自分が犯人と同じことをやろうと思ったら、どんな技を使うだろうか――。

残念なことに、竜門の経験に照らしても、思いつかなかった。


「私には身を守る権利があります」

高田は辰巳と山田に言った。「いや、社員のことを思えば、私が身を守るのは義務でもあります」

高田のボディーガードは四人に増えていた。そのうちのふたりは、鹿島に付いていた津田と倉本だった。

辰巳はあとのふたりの名も聞いておくことにした。

本条に工藤という名だった。本条はキックボクサーくずれで、工藤は学生時代に柔道でかなりの成績をおさめたということだ。

本条は細身で身長もそれほどないが、工藤は巨漢だ。首も胴体も腕も腿も、おそろしく太い。威圧感のある体格だ。

そして、四人とも人相が悪い。

高田がボディーガードを雇うことについて、辰巳は、基本的に文句はなかった。本人が言うとおり、身を守るのは当然の権利だ。

問題は、この四人がどの程度役に立つのかという点だった。

武道や格闘技は、練習を続けなければ衰えていくものだ。

見かけで人を威《おど》すだけで、たいていのボディーガードはつとまるかもしれないが、今回はそうもいかないかもしれない。

事実、津田と倉本は責任を全うできなかったのだ。ふたりは、失敗を繰り返さないつもりでいるかもしれない。褌《ふんどし》を引き締めて、といった気分だろう。しかし、実力はどんなものだろうか――辰巳は口に出さないが、そう思っていた。

「高田さん。あなたは、パーティーに現れた不審な男の顔を見てらっしゃる。モンタージュ写真を作るのにご協力いただけませんかね」

「不審な男？　はっきり容疑者とは呼ばないのですか？」

「その男が浅井さんを襲ったという証拠はない。そして、鹿島さんを襲った男が本当にその男と同一人物なのかも証明されていない。さらに、その男に襲われたことと鹿島さんの死の因果関係も、完全に証明されたわけではないのです。だから、今のところ、その人間は重要参考人なのです。あなたがたの証言が、容疑者として断定するための鍵となるかもしれません」

高田は表面はきわめて落ち着いていた。

辰巳は、彼が代表取締役社長になった理由がわかるような気がした。

浅井や鹿島がどういう人間だったかは知らない。しかし、高田は間違いなくリーダーになる男だった。

高田は言った。

「もちろん協力は惜しみませんよ。一日も早く犯人を逮捕してもらいたいですからね」

辰巳はうなずいた。

「では、署までご足労願えますか……」

「早いとこ済ませましょう」

高田は立ち上がった。

高田は山田が運転する覆面パトカーの後部座席に乗った。そのあとを、四人のボディーガードが乗ったメルセデスがついてくる。

メルセデスは、タック・エージェンシーの車だ。

車のなかで、辰巳は高田に世間話をする口調で話しかけた。

「高田さん、出身は福岡でしたね……」

「そうです」

「確か、亡くなった浅井さんや鹿島さんとは高校のときからのお友達で……」

「そう。長い付き合いでした。女房よりも古い付き合いですからね……」

「商売を始めるために上京されたとうかがいましたが……。上京されたのは、高校を卒業されてすぐですか？」

「ええ、まあ……」

高田は曖昧《あいまい》に言った。

はっきりと返事をしようとしない。刑事はこういう曖昧さを決して見逃さない。

「浅井さんや鹿島さんとは東京で再会されたのですか？」

「いいえ。三人で何か仕事を始めようと上京したのです。一旗上げるつもりでした」

「望みはかなえられたわけですね」

「そう。成功しました。小さな会社ですが、私たちは一国一城の主《あるじ》となったのですからね……」

辰巳はそれ以上質問をしなかった。納得をしたわけではない。

質問をすればするほど疑念が湧《わ》いてくるような気がして、それはなぜだろうと考え込んでしまったのだ。

署につくと、高田だけではなく、津田や倉本の協力も得てモンタージュ写真を作った。

かつては、顔を目、鼻、口で三分割した写真をスライドで投影して入れ替えていくという作業でモンタージュ写真を作ったが、今ではコンピューターが利用されている。

作業はスピードアップされ、サンプルの種類も増えた。そのためにモンタージュ写真の信頼度はいくぶんかは高まっていた。

コンピューター処理により、ヘアスタイルや髯《ひげ》も自由自在だ。

しかし、こうした資料の問題点は技術的な面にあるのではない。すべて、目撃者の印象と記憶に頼っている点が問題なのだ。

高田、津田、倉本の三人の意見を総合して、いちおうモンタージュ写真は完成した。

それがどの程度正確なものかはわからない。しかし、今は、それが最大の手がかりといってよかった。

医者の意見、そして、高田、津田、倉本の話を総合して考慮し、捜査本部では髯の男を犯人と断定した。

犯行の動機などについて、高田からさらに詳しく話を聞きたいと、捜査本部の誰もが思っていた。

しかし、高田を強制的に引き止めることはできない。高田はモンタージュ写真を作り終えると、多忙を理由に、すぐに会社に帰らねばならないと言った。

捜査本部はそれを認めざるを得なかった。


「福岡県警から返事が来た」

夕刻の捜査会議で、係長が言った。「被害者の鹿島一郎は、先に死亡した浅井淳や高田和彦社長と高校の同級生だった。高校生のころから、けっこう悪《わる》だったという話があるが、具体的な記録はない。高校の卒業が一九五九年だ」

川上部長刑事が言った。

「一九五九年……。ええと、タック・エージェンシーは、今年三十周年だと言っていたから……、創立は一九六三年……。四年の開きがある……」

辰巳が川上を見ながら、ぽつりと言う。

「高田社長は、高校卒業後すぐに上京したと言っていたが……」

「東京に出てきて、会社を創《つく》るまでに四年かかったということかな……。ま、そう考えりゃ不自然じゃねえが……」

別の刑事が言った。

「三十周年というのは、三人が事業を始めてからということらしいですよ」

川上が尋ねる。

「どういう意味だ?」

「タック・エージェンシーが株式会社になったのは二十二年まえのことです。それまでは、あの三人とアルバイトが二、三人いるだけの小さな個人事務所みたいなものだったそうです」

辰巳の胸のなかに、また疑問が広がった。彼は言った。

「どこか妙だな……」

川上がそれを聞いて言った。

「何が妙なんだ?」

「三人で個人事務所を作るんなら、上京してすぐだってできたはずだ。四年間はいったい何をしていたのかな?」

「必死で金をかせいでいたんじゃないのか?」

「かもしれんが……。どうやって金を稼いでいたか、気にならんでもない」

川上は、まるで容疑者を見るような鋭い眼差《まなざ》しで辰巳を見た。

「高田社長と一番多く会ってるのはおまえさんだ。最初に会ったのも、おまえさんだ。何か感じるところがあるのか?」

狙われるからには理由がある」

「あるさ」

辰巳はあっさりと言った。「まず単純に考えて、今度狙われるのはあの人だ。そして、狙われるからには理由がある」

係長が重々しく溜め息とともに言った。

「四年間のブランクか……」

8

捜査会議で、辰巳は、高田にできるだけ張りついてみたいと提案した。

殺人事件の捜査の面だけでなく、高田の身の安全の面からも、その提案は適切と認められた。

辰巳は山田とともに、さっそくその提案を実行に移した。

車のなかで待機しているときなど、猛烈な睡魔に狙われる。そうでなくても、退屈でどうしようもなくなる。

山田と交代で仮眠を取ることもあるが、たいていは何か話をしている。猥談《わいだん》が多い。

男が猥談をするのは、知性とか教育の度合とはまったく関係ない。人格の問題でもない。

それが必要なときがあるのだ。緊張を和らげ、退屈をまぎらわせる必要があるとき、男はジョークを言い、猥談をする。

兵士に猥談は付きものだ。刑事にも同じようなことがいえる。

四六時中辰巳と山田が張り付いているわけにはいかない。交代要員を頼むこともあるし、夜などは自宅付近の警ら課員にまかせるしかない。

だが、辰巳は極力高田を見張るようにしていた。

タック・エージェンシーの近くの路上に駐車した覆面パトカーのなかで、辰巳は、竜門のことを思い出していた。

（先生は、もう俺の言ったことなど忘れちまったろうか……）

どうも、そんな気はしなかった。

辰巳は竜門という男を知っている。

竜門は、何を考えているかわからないという評判だった。何も考えてはいないのだという人もいる。

患者たちにも、昼行燈《ひるあんどん》のような先生だ、といわれることがある。だが、一度治療してもらった患者は、竜門のことを信頼してしまう。

患者たちは、その理由に気づいていない。竜門の見せかけの姿にすっかりだまされているのだ。

竜門は信頼するに足る男なのだ。

そして、おそらく、彼は武術のことになると黙っていられない。

特に、武術の達人が犯罪者となる可能性がある場合などはがまんならないのだ。

(あの人はまた、勝手に動き回って、不思議な技の謎を解こうとしているかもしれない)

辰巳は思った。(あるいは、もう解いてしまったかも……)

時間があれば、また訪ねてみよう——辰巳はそう考えていた。


『トレイン』を訪ねた翌々日に、岡田から速達郵便が届いた。

音楽チャート誌のバックナンバーが入っていた。

チャート誌というのは、一種の業界誌で、アルバムやシングルのチャートを掲載した雑誌のことだ。

オリジナル・コンフィデンスが日本では草分けとなり、その後、ミュージック・リサーチ、ミュージック・ラボなどが続いた。

その雑誌には付箋《ふせん》がしてあった。付箋のページを開くと、高田のインタビュー記事が載っている。

数カットの写真が載っていた。さらに、別紙に、タック・エージェンシーと高田の自宅の住所が記してあった。

その日の夕刻、岡田から電話があった。

「書類は届いたかね」

「届いた」

「いろいろと業界の人間に尋ねてみた。高田たちが事務所を開いたのが、一九六三年。そのときからタックを名乗っている。東京へ出てきてから二年目のことだ」

「つまり、高田たちは一九六一年に東京にやってきたわけだな」

「上京して二年で事務所を作り、その八年後には株式会社にしてしまった。頭が切れ、行動力もあったのだろうが、何より金をたくさん持っていたらしい」

「ほう……」

「だが、福岡時代のことはわからなかった。誰もあの三人の福岡時代のことを知らない」

「わかった」

電話が切れた。

受話器を置いてから、しばらく考え込んでいた。

「何ですか？　難しい顔をして……」

真理の声が聞こえた。

電話は事務室の机の上と受付にしかない。電話が来ると事務室で受けなければならないのだ。そこには当然、真理がいる。

「難しい顔……?」

「そう。珍しく真剣な顔」

「ちょっと考えごとをしていただけだよ」

竜門は施術室に入った。


事件があってから、高田は慎重に行動しているように見えた。外出をひかえているようだった。

だが、芸能プロダクションの社長というのは、でんと会社におさまっていられるような立場ではない。

辰巳が見ていると、例の四人のボディーガードのうち、ふたりが会社のあるビルから出てきた。

本条と工藤だった。実際、工藤はいるだけでボディーガードの役目の大半は果たせそうだった。

凶悪な顔に、威圧的な体格。誰も彼に喧嘩を売ろうなどとは思わないだろう。

彼らのまえにメルセデスが停車した。運転しているのは、倉本だった。

ビルの玄関から高田が、津田に付き添われて現れた。

「おい」

辰巳は山田を肘《ひじ》で突ついた。

居眠りしていた山田は、飛び上がるようにして目を覚ました。

「高田社長が出かけるぞ」

「はい」

山田は、エンジンをかけてから、両手でぴしゃりと頰を叩き、さらに顔をごしごしとこすった。

高田のメルセデスが発進する。

「模範的な尾行を見せてみろ」

「まかせてください」

山田は覆面パトカーを発進させた。

車を間に何台かはさんで尾行をする。

高田は辰巳が乗っている覆面パトカーを知らない。まだ、尾行されていることに気づいてはいないはずだ。

だが、決して油断はできない。

覆面パトカーは、回転灯を装備し、サイレンを鳴らす機構と拡声器を持っている。そのため、改造車を意味する8ナンバーをつけていることが多い。

そして、無線のためのアンテナがついている。

最近は5ナンバー、3ナンバーの覆面パトカーも多いが、辰巳が乗っているのは8ナンバーだった。

そういうことを知っており、なおかつ注意深い連中——例えばヤクザなどは、尾行に気づく可能性が高い。

そして、おそらく、高田が雇ったボディーガードは堅気ではないはずだ、と辰巳は思った。

山田はうまくやっていた。

車線の変更も、早目早目に行なっていたし、間に必ず何台かの車をはさんでいた。

車の混雑に助けられた部分もある。

やがて、高田のメルセデスは、新宿区河田町にあるテレビ局に着いた。正面玄関前の広場へ行く門をくぐる。

駐車場はその広場にあった。

「どうします?」

山田は尋ねた。

「一度、通り過ぎるんだ。ひと回りしてから、入る」

「わかりました」

覆面パトカーは、門を通り過ぎた。

辰巳と山田は高田のメルセデスに神経を集中していたので、もう一台、メルセデスを尾行している車があることに気づかなかった。

それは、まったく目立たない白のカローラだった。

門のところに守衛が立っており、入る車をチェックしている。

守衛は車を止め、運転席の窓に近づいた。運転している男は、髪が長く、髯も伸び放題だった。

通常ならば怪しまれる風体だが、テレビ局では、かえってこうした恰好が目立たなくなってしまう。

ありとあらゆる種類の人間が出入りしているのだ。

テレビ番組に出演する人物とは限らない。芸能界の関係者で、異様な風体をしている者は多い。

守衛は尋ねた。

「どちらにご用で？」

「あの車といっしょだ」

髯の男は、高田のメルセデスを指差した。

守衛はうなずいた。怪しむ理由はない。入館のチェックは、玄関で行なわれる。怪しい人間、危険な人間はその際に発見されるはずだった。

白のカローラは門をくぐった。静かに進み、メルセデスから少し離れた場所に空きを見つけて駐車した。

メルセデスにひとり残った。運転手の倉本だ。

高田は三人のボディーガードとともに玄関に向かう。テレビ局の通用口を好む人間もいる。

そのほうが、いわゆる業界人らしい気分にひたれるからだ。しかし、高田はあくまでも正面玄関を利用した。

一流の人間は、堂々と正面玄関を利用するものだというのが高田の持論だった。

髯の男は、車から降りなかった。運転席で深くシートに体をうずめていた。

そのカローラは、旧式のハッチバックだった。

ややあって、辰巳たちの覆面パトカーが門にやってきた。守衛が止める。

山田は、黒い光沢のある皮表紙のついた警察手帳を出して守衛に見せた。手帳には紐《ひも》がついている。

髯の男のカローラから、門はかなり離れており、男は、あまり門のほうに注意を払っていなかった。

そのために、山田が手帳を出したことに気づかなかった。

だが、基本的な注意は怠っていなかった。車の音が近づいてきたとき、外から姿を見られないように、さらにシート深く体をうずめたのだった。

覆面パトカーは、白いカローラのすぐうしろを通り過ぎ、駐車場を確保した。

覆面パトカーは、高田のメルセデスから見て、白いカローラより遠い位置にあった。そこしか空いていなかったのだ。

辰巳と山田は、メルセデスだけに注目していた。白いカローラなどまったく気にしていない。

日が暮れかかってきた。

駐車場の水銀灯が点《とも》る。

三台の車から、高田を待つ視線が、テレビ局の玄関に注がれていた。

竜門は、患者がすべて帰ると、都内の地図を出してタック・エージェンシーと、高田の自宅の場所を確かめた。

タック・エージェンシーは池尻大橋にあり、高田の自宅は恵比寿にある。

硬膜外血腫を起こさせ、死に至らしめる技とは、どんな技なのだろうという疑問は、いつしか、その技の使い手に会ってみたいという好奇心に変化していた。

どこに行けば会えるかはわからなかった。だが、辰巳の話から、高田が狙われる可能性はきわめて大きいということがわかった。

高田の周囲をうろついていれば、その技の使い手に会える可能性が多少は高まるのではないかと思った。

そういうことに首を突っ込むのは愚かだとわかっていた。

しかし、技の使い手に会ってみたいという欲求は強かった。

それだけの技を身につけた人間が、どうして罪を犯さねばならないのか――竜門には、そんな思いもあった。

竜門は古流武術の免許皆伝を持っている。だから、武術の修行のたいへんさをよく知っている。

単純な技術論に置き換えても、確実に相手を殺す技を身につけるというのはたいへんなことだ。

そうした技が、もともと何かの武術なり格闘技なりに伝えられているのか、あるいは、本人が独自に工夫したものなのか、その点は竜門にもわからない。

しかし、どちらにしても、身につけるのはたいへんなことだというのはわかる。

殺し技などは、どんな武術でもおそらくは奥伝の類だろうし、自分で工夫したとすれば、それまでには、ずいぶん厳しい練習をこなしてきたに違いない。

つまり、おそらくは、相手は達人だということだ。

達人と呼ばれるほどの人なら、罪を犯さずとも、何か別な問題の解決方法があったのではないか？

竜門は、そんなことを考えてしまうのだった。

そして、悲しみを感じるのだ。

その悲しみが竜門を衝《つ》き動かしているといってもよかった。

竜門は昼間の冴えない恰好のままだった。地図をしまうと、洗面所へ行った。

夜の街に獣を放つための、変身儀式を行なうためだ。

事実、それは儀式だった。

彼は過去とともに、武術も封印していた。夜の街をうろつくというのは、危険を覚悟しなければならないということだ。

ただ歓楽街を歩き回るのとは訳が違う。竜門の場合は、自ら危険に近づかねばならないのだ。

何かを嗅《か》ぎ回るというのは、そういうことだ。

そのために、竜門は封印を解く必要があるのだ。いざというときのためだ。

でなければ、竜門は目的を果たすことはできないだろう。そればかりか、命があやういかもしれない。

整髪用ジェルで髪を固めると、たちまち印象が変わる。

ワイシャツにネクタイ、折り返しのあるスラックスにチェックのスポーツジャケットを身につける。

彼は、まず池尻大橋へ出かけることにした。

池尻大橋は、竜門整体院がある桜新町と同じ東急新玉川線沿線だ。桜新町から数えて、三つ目の駅だ。

電車は比較的すいていた。夕刻のラッシュ時を少し過ぎている。渋谷方面からの下りはまだ混み合っているが、上りはすいている。

池尻大橋駅の改札を出ると、出口が四方に分かれている。竜門は右手へ行き東出口の階段を登った。

池尻大橋という駅名は、池尻と大橋というふたつの地名を合わせて作られた。池尻は世田谷区にあり、大橋は目黒区にある。

ちょうど、池尻大橋の駅の上を、世田谷区と目黒区の境界線が走っているのだ。

タック・エージェンシーは、大橋一丁目にある。山手通りから分かれて玉川通りにぶつかる枝道に面したビルの三階と四階を使っている。

竜門は公衆電話からタック・エージェンシーに電話した。社長がいるかどうかを確かめたかったのだ。

高田社長のインタビュー記事が載っていたチャート誌の記者だと名乗った。

社長は出かけており、今日は社には戻らないという返事だった。

電話を切ると、竜門はタック・エージェンシーが入っているビルの周囲を歩き回った。

ビルが面している通りは、東急バスの通り道であり、近くに東急バス営業所があった。

ビルの裏手には目黒川が流れている。

地形の段差が多く、坂や階段が多い。だいたいの土地勘を得ると、竜門はタクシーを拾って恵比寿に向かった。

高田の自宅は、かつてのビール工場の跡地近くにある高級マンションにあった。

このビール工場跡地には、文化施設などをそなえ、ビジネスエリアと住居エリアを合わせ持つ、まったく新しいタイプの「街」が建設されている。

あと何年かすれば、そこにビール工場があったなどとは、誰も思わなくなるだろう。

恵比寿は高級感のある街へと変貌していくのかもしれない。高田が住んでいるのは、その恵比寿のなかでも、トップクラスのマンションだ。

高田は、何でも一流でないと気が済まない性分のようだった。

すっかり日が暮れて、住宅街は静かだった。

古くからある一戸建ての家とマンションが混在している。時代は、マンションに軍配を上げたようで、古い一戸建て住宅は、マンションに次第に追いやられつつあるような印象を受ける。

竜門はさりげなく高田が住むマンションの周囲を歩き回った。

細い路地の向こうから、ゆっくりとパトカーがやってきた。パトカーは、何事もなく、竜門の脇を通り過ぎていった。

ほどなく、別の方向から、自転車に乗った若い警官が現れた。ブーツではなく、制服に普通の革靴をはいている。警ら課員――交番勤務の「おまわりさん」と呼ばれる警官だ。

角を曲がると、今度は違法駐車を取り締まっている制服警官を見かけた。

日が暮れてから、住宅街で違法駐車を取り締まっている警官の姿などは、あまり見かけることはない。

明らかに高田の身の安全を考えて、巡回を強化しているのだ。

竜門は、不審を買って職務質問など受けるわけにはいかなかった。コンビニエンス・ストアを見つけ、そこに入った。

雑誌や弁当などを買い、店を出ると、同じ道を引き返した。コンビニエンス・ストアのビニール袋をぶら下げるだけで、同じ道を往復しても怪しまれる率はぐっと少なくなる。

警察官というのは、そういう点を細かくチェックしているものなのだ。

マンションのまえを散歩でもするような調子でぶらぶらと歩いて、さりげなく玄関あたりの様子を見る。

広いロビーがあった。まるでホテルのロビーのような感じだった。

オートロック・システムのようだ。部屋から解錠してもらうか、暗証番号を知らなければ、各階へは進めない。

マンションを通り過ぎて、竜門は考えた。

(これでは、僕が犯人と出会う確率より、警察が見つける確率のほうがずっと高いな……)

何とか警察より先に犯人と出会う方法はないか、竜門は思案した。

いい方策は思い浮かばない。いつまでも、そのあたりでうろうろしていては、警官に怪しまれてしまう。

これほど警察が警戒しているとは思わなかった。思えばそれも当然のことだった。判断が甘かったのだ。

(出直したほうがよさそうだ……)

竜門は、表通りに出てタクシーを拾った。

9

高田社長は、大物プロデューサーと連れだって玄関から現れた。

津田、本条、工藤の三人が、そのふたりの周囲を固めている。目の配りかたが様になっていた。

暴力団の若い衆が、幹部に同行するときに見せる姿だ。

「出て来たぞ」

それを見ていた辰巳が言った。

一行は玄関のまえに立っている。メルセデスが発進してゆっくりと進んだ。静かに回り込んで一行のまえで停まる。

髯《ひげ》の男もそれを見ていた。

彼はカローラのエンジンをかけた。セレクター・レバーはパーキングの位置のままだった。

そして、そっとドアを開けた。


「よかった。実は、誘いを断られるかと思っていたんですよ」

高田が大物プロデューサーに言った。

このプロデューサーは、バラエティー番組の担当で、かなりのヒットメーカーだった。

「どうしてだ？」

「浅井、鹿島と続きましたからね……」

「ふたりとも知らない仲じゃない。六本木で弔い酒でもやろうじゃないか」

「そう言っていただけると……」

「話によると、浅井さんは卒中で死に、鹿島ちゃんは、暴漢に襲われ、それが原因で死んだと……。実のところ、偶然なのか？」

「こっちが訊《き》きたいですよ」

津田が進み出て後部座席のドアを開けた。

「さ、どうぞ」

高田が言った。

そのとき、三人のボディーガードが同時に反応した。

駐車場の車と車の間から、黒っぽい固まりが飛び出してきたように見えた。

ボディーガードたちは、高田とプロデューサーを守るように立ちはだかった。


「ちくしょうめ……」

辰巳は叫びながら、車から飛び出した。

山田も、ほとんど同時に飛び出していた。

黒っぽい服を着た男が、高田の一行のほうに突進していくのが見えたのだ。

水銀灯に照らし出されて長い髪に伸び放題の髯が見えた。

辰巳は必死で駆けた。

山田が辰巳を置いて先に走っていく。

くそっ！　俺も若いころは……！

辰巳は、この場面には似つかわしくなく、そんなことを考えていた。


まず工藤が立ちはだかった。

津田と本条は、それぞれ、高田とプロデューサーを守るために、そばに付いている。

工藤はその体格にものをいわせ、暴漢を受け止めるつもりでいた。

そして、得意の柔道の技で投げるつもりだった。

彼にとっては簡単なことのはずだった。

そして、工藤の体格を見れば誰でもひるむはずだった。ひるんだ相手を投げるのはたやすい。

しかし、髯の男は突進のスピードをゆるめなかった。

逆に姿勢を低くして勢いをつけた。

そのまま、伸び上がるようにして工藤に体当たりした。

髯の男は決して大柄ではない。それが、巨漢の工藤にぶつかっていったのだ。

次に起こったことは、見る者の眼を疑わせた。

工藤の巨体が弾《はじ》き飛ばされ、もんどり打って地面に転がったのだ。

後方から地面に落ちた。危険な落ちかただ。後頭部を打てば、やはり死ぬこともある。

さすがに工藤は咄嗟《とっさ》に受け身を取ったようだ。

しかし、アスファルトの上に体を打ちつけたダメージは大きい。

彼は、弱々しくもがくだけで起き上がろうとしなかった。

メルセデスの運転席から倉本が飛び出した。

「てめえ……」

倉本は怒りに駆られているようだった。顔面が赤い。「こないだの借りは返すぜ」

髯の男にするすると寄っていくと、右のローキックを出した。先日とまったく同じ攻撃だった。

確かにローキックは他のどんな技よりも決まりやすいし、威力も充分にある。

先制攻撃をかけるのにはもってこいの技だ。しかし、同じ相手に、まったく同じ攻めかたをするのはあまりに考えが足りない。

しかも、前回、その攻撃は相手に通用しなかったのだ。

男は、とん、と地面を蹴った。

その体が軽々と浮き上がる。
ローキックが空振りする。
髯の男は、その倉本の右足を踏み降ろすように着地した。
膝《ひざ》のあたりを真横から踏みしだかれる恰好《かっこう》になった。
倉本は悲鳴を上げた。
膝が奇妙な角度に曲がっていた。折れたようだ。
男が飛び出し、工藤と倉本のふたりを倒すまでに十秒とかかっていなかった。
髯の男は高田のほうを向いた。彼は怒りに燃える眼で高田を睨《にら》みつけ、言った。
「俺は、おまえたちが俺と女房にしたことを決して許さない」
高田は、こたえた。
「な、何のことだか、私にはわからん!」
さすがにその声が上ずっていた。
駆けてくる足音が聞こえた。刑事の山田だ。
髯の男はさっと振り返った。
「動くな!　警察だ」
山田は叫んだ。

当然、髯の男は逃げ出すだろうと誰もが思った。

津田と本条は、男が逃げ出したら、すぐに追いかけ、逮捕に協力するつもりでいた。

だが、男の行動は予想に反していた。

山田も、男が逃げるものと思っている。

男は、山田に向かって突っ込んでいったのだ。

山田は驚いたが、決してあわてなかった。逮捕術を披露してやるつもりだった。

山田は、かわしざまに、横捨て身技で投げてやろうと思っていた。彼なりに、術科の研《けん》鑽《さん》は積んでいる。

男は、さきほどと同じく姿勢を低くした。

山田が身構える。

男がぶつかった。山田は、男の衣服をつかんで、体をひねった。足を出して、男の体勢を崩そうとする。

しかし、男はまっすぐにぶつかったわけではなかった。

男もかわすように体をひねっていた。山田の技は完全に空振りに終わった。

男の体が山田の脇をすり抜けていく。つかんでいた山田の手から、男の衣服が引き離された。

その勢いで逆に山田がひっくりかえっていた。
辰巳はそれを見て立ち止まった。
拳銃を持ってくるべきだったと思った。
山田があわてて起き上がって、男を追ってくる。
「くそっ！」
辰巳はしがみついてでも男を止めるつもりだった。
腰から下にしがみつき、肩で押しつけるのだ。そうすれば相手は倒れる。
柔道の両手《もろて》刈りやラグビーのタックルの要領だ。
辰巳は低く身構えた。
男がどんどん近づいてくる。そのうしろを山田が追ってくる。
（さあ、来やがれ！）
辰巳は、一瞬に勝負をかけた。
今にも激突しようとする瞬間、辰巳は歯をくいしばって男の腰に手を伸ばした。
そのとたん、辰巳は男の姿が消え失せたように感じた。
男は、思いきり跳躍していた。
辰巳は、男の腰にしがみつこうとしていたので姿勢が低くなっている。その肩に、男は足をついた。

辰巳の肩を踏み台に、さらに辰巳の後方へ跳ぶ。

辰巳が軽々と跳び越されてしまったように見えた。

辰巳は肩を踏みつけられた勢いで前方へたたらを踏む。勢いあまった山田が突っ込んできた。

ふたりは一瞬、もつれ合った。

男は、まっすぐにカローラに向かって走った。

「車だ！」

辰巳が叫んだ。「追え！」

山田がもがくように立ち上がり走り出した。

男は車に乗り込む。カローラはエンジンがかかったままになっていた。すぐさま発進する。

山田はそれを見て立ち尽くす。

辰巳がまた叫んだ。

「戻れ！　山田！」

辰巳は覆面パトカーに向かっていた。山田はすぐにそれに気づき、駆け出した。

白いカローラは、すでに門を出るところだった。

辰巳と山田はようやくパトカーに乗り込んだ。

まず、エンジンをかけねばならない。キーをひねる。

セルモーターが回り、ややあってエンジンが咆哮《ほうこう》する。

たったそれだけの手間が、決定的な時間の差を生んだ。白いカローラは走り去った。

辰巳は無線で起こったことを報告し、応援を要請した。すぐに、どこからともなく、パトカーのサイレンの音が聞こえてくる。

「遠くへは行っていない」

辰巳は山田に言った。「とにかく、このあたりを走り回れ」

辰巳は、回転灯とサイレンのスイッチを入れた。ルーフの上に回転灯が顔を出し、サイレンが鳴り始める。

近くの車のドライバーをびっくりさせて、覆面パトカーは疾走した。


プロデューサーは、正面玄関前にぺたりとあぐらをかいてすわり込んでいた。

工藤はけがをした様子もなく歩き回っていたが、倉本はやはり膝を骨折していた。

高田はメルセデスに寄りかかり、ぐったりした様子だった。

プロデューサーは、その高田を上眼づかいに見上げていた。

「高田ちゃんよ」

プロデューサーは呼びかけた。

高田は返事をする代わりにプロデューサーのほうを見た。

「こりゃいったい、どういうことなんだ？」

「知りませんよ」

「俺が思うに……」

プロデューサーはすっかり油断のない眼つきになっている。「タックは、けっこう、キナ臭いな……」

「冗談言わないでください」

「おい……。浅井さんは本当に脳卒中だったのか？」

高田は眼をそらした。表情を閉ざす。

「そうですよ。疑うんだったら、死亡診断書を書いた医者に訊けばいい」

「ほらほら。何か困ったことがあると無表情になるのがあんたの癖だ」

「ええ、困ってますとも。どこかのはねっかえりが、どういう訳だか知らないが、私を襲ったんですからね」

「あいつ、言ったよな……。『俺と女房にしたことを決して許さない』と……。ありゃあ、何のことだ?」

「知りませんよ……」

鼻で笑おうとした高田の表情が、ふと曇った。急に何かを思い出したようなしぐさだった。

プロデューサーは、のろのろと立ち上がり、埃《ほこり》を叩いて払った。

「まあ、何でもいいや。タックさんのお家の事情は俺にゃ関係ない。だがね、とばっちりはご免だよ」

「いや、これは何かの間違いだ。こんなことは、もう二度と……」

「高田ちゃん。あんたんとこの鹿島ちゃんに何が起こったか思い出すんだな。そして、今、ここで起こったことを忘れちゃいかん」

高田は言葉を失った。

「六本木で飲む気分じゃなくなったな……」

プロデューサーはそう言うと、くるりと背を向け、玄関のなかへ消えていった。

ほどなく、パトカーがやってきた。制服警官が降り、まず倉本の様子を見た。

警官は無線で救急車の手配をすると、その場にいた一同に向かって言った。

「さて、何が起こったのか、順を追って話してください」

無線からはひっきりなしに声が流れ出る。

辰巳はその声に聞き入っていた。眼は、車道を埋め尽くしている車に注がれている。

白いカローラを発見したという無線連絡が入る。

「司令室、こちら渋谷12」

辰巳がマイクを取り、トークボタンを押して言った。

「渋谷12、こちらは司令室。どうぞ」

「白いカローラを発見した場所は？」

「弁天町交差点付近。四谷3が捜索中」

「渋谷12、了解」

マイクを置くと、山田に言う。「外苑東通りと早稲田通りの交差点だ」

「はい」

山田はそちらに車を向けるべく、道順を素早く頭のなかに思い描いた。

渋谷12——辰巳と山田が乗る覆面パトカーは、大久保通りを新大久保に向けて走行中だった。

山田は明治通りを右折し、さらに早稲田通りを右折した。戸山町を迂回《うかい》するような形で弁天町の交差点に向かった。

パトカーが回転灯を光らせて駐車しているので現場はすぐにわかった。

そのパトカーのうしろに、白いカローラが駐《と》まっている。早稲田通りに路上駐車しているのだ。

広い通りではないので、明らかに迷惑駐車だった。

山田はパトカーのまえに覆面パトカーをつけた。パトカーは、通信司令室が教えてくれた四谷3だった。

ふたりの制服警官が白のカローラを捜索している。

辰巳はそのふたりに挨拶をした。

「渋谷署の辰巳巡査部長です。世話んなります」

現場は、辰巳たちの管轄の外だ。礼は尽くさなければならない。

正確に言うと、弁天町の交差点は、牛込署管内なので、四谷署のパトカーも管轄の外ということになる。

しかし、四谷署と牛込署は同じ東京4方面に属し、無線も同じ一五五・四二五メガヘルツを使っている。

辰巳が所属する渋谷署は東京3方面で、使用する無線は一五五・三二五メガヘルツだ。

制服警官は敬礼を返した。片方が、辰巳と同じ巡査部長だった。階級章に星が三つだ。

その巡査部長は言った。

「調べたら盗難車だった。乗り捨てて行ったね。遺留品は見つかっていない。手がかりになるようなもんはなさそうだが……」

辰巳はうなずいてカローラの車内に眼をやった。

「髪の毛くらいは出るかもしれねえな……。それだって手がかりだ」

だが、辰巳は明らかに落胆していた。捕り物は失敗に終わったのだ。

「渋谷署に持ってくかい?」

「そうするよ」

「待ってろ。うちのレッカーを呼ぶ」

「すまねえな……」

辰巳はパトカーに戻った。

山田が言った。

「犯人はこのあたりに潜んでいるかもしれませんよ」

「そうだな……」

辰巳は疲れた声で言った。「緊急配備《キンパイ》はしばらく続行してもらうか……」

だが、辰巳は、それが無駄であることを知っていた。

犯人は、地下鉄か何かで、すでに現場から離れているに違いないと思った。弁天町交差点のすぐ近くに、地下鉄東西線の早稲田と神楽坂の駅がある。もちろん、緊急配備となれば、管内の地下鉄の駅なども配備の対象となる。

しかし、すべての駅、すべての出口を網羅できるわけではなく、ましてや、すべての路線、すべての列車、すべての車両に目を光らせるのは不可能だ。

「テレビ局へ戻るぞ」

辰巳が山田に言う。

「はい……」

その場を、パトカーの四谷3に任せて、辰巳たちはテレビ局に戻った。

高田は、パトカーのなかで尋問されていた。津田たち四人は、別の場所で待たされている。

彼らは、ひとりずつ呼ばれて、話をさせられているようだ。

辰巳がパトカーをのぞき込むと、高田が言った。

「刑事さん。私は本当に襲撃される心当たりなどないんです」

辰巳は、尋問していた警官に名乗ってから尋ねた。

「あとどのくらいかかる?」

「もう終わりましたよ。このあとはどうします?」

辰巳は高田を一瞥《いちべつ》してからこたえた。

「お引き取りいただいてけっこうだ」

辰巳は山田のそばに行き、そっと言った。

「ますます高田社長から眼が離せなくなった」

「車を変えないとまずいですね」

「あ……?」

「高田社長に、覆面車、見られちまいましたよ」

辰巳は、覆面パトカーと山田を交互に見てつぶやいた。

「そうだな……」

10

夜が更けてくれば、人通りもなく、闇も濃くなる。

隠れる場所がそれだけ増えるということで、注意深く行動すれば、巡回を増やしている警察にも見つからずに済むだろう。

竜門はそう考えて、十一時過ぎに恵比寿に舞い戻ってきた。

自分より先に、警察が犯人をつかまえてしまうのはがまんできなかった。

犯人が警察につかまってしまったら、使われた技のことは、おそらく謎のままということになってしまう。

辰巳が話してくれるとは思えなかった。警察が、どんな技で殺したかについて詳しく記者発表するとも思えない。

警察というところは秘密主義が徹底している。庁内に記者クラブを置いているのも、公式発表——つまり、当たり障りのない事実以外はマスコミにさぐられたくないからなのだ。

もし、辰巳が技の話をしてくれたとしても、正確には伝わらないだろう。

竜門は、その眼で犯人の技を見ることはできなくなってしまうのだ。

竜門は、細い路地の角の闇のなかにじっとしていた。

マンションの玄関が見えている。防犯上、マンションというのは、一戸建てよりずっと有利なことが実感される。

特に、オートロック・システムを備え、警備員や管理人を置いているようなマンションは安全性が高い。

しばらく竜門はそこでじっとしていた。

高田が帰宅しているのかどうかもまだわからない。

とりあえず、何をしていいかわからないのだ。彼にできるのは、何かが起こるまで待ち続けることなのだが、それが何なのかは、見当もつかない。

人間は、ただ待ち続けることに耐えられない。

それは、待ち続けることのプロである刑事や公安捜査員にとってもつらいものだ。

素人の竜門は三十分で、自分はまったく無駄骨を折っているのではないかという疑問を抱き始め、一時間でその疑問に屈した。

竜門は思慮深く、辛抱強い男だ。

耐えることがいかに大切であるかを知っているし、これまで多くの苦痛や苦難に耐えてきた。

しかし、あてもなく待ち続けることには耐えられなかった。

彼は、路地から歩み出て、ひと回りして来ようと思った。何かを見つけられるかもしれない――そんな根拠のない期待を抱いて――。

マンションのまえを通り過ぎる。細い住宅街の路地をたどり、大回りに、マンションの周囲をひと巡りする。

再び、正面に戻ってきた。

そのとき、後方から声をかけられた。

「おい……」

竜門は立ち止まった。

警察かもしれない――彼は思った。振り返る。黒っぽいスーツ姿の男が立っている。制服警官ではない。だが、刑事かもしれないと、竜門は思った。

「何をうろうろしてるんだ?」

相手の男は言った。明らかに凄《すご》んでいる。

「散歩だ」

「なめた口きいてんじゃねえぞ。ちょっと来い」

男は、竜門のスポーツジャケットの襟《えり》を乱暴につかんだ。

ふと、もうひとりの気配を感じた。竜門の後方に、いつの間にかもうひとりの男が立っていた。

大きな男だった。襟をつかんでいる男と同様に黒っぽいスーツを着ている。紺色なのかもしれなかった。

ふたりとも警察手帳を出そうともしない。刑事ではない。

竜門は、襟をにぎっている手を、両側からはさみ込むようにしてつかんだ。

指を組んで合掌《がっしょう》し、そこに相手の手をサンドイッチにするような形だ。

自分の両方の手首をぐっと胸に押しつけて固定する。そのままの状態で、おじぎをするように上体を倒す。

「うわっ」

相手は思わず声を上げていた。

簡単な技だが、強力なひしぎ技なのだ。神門《しんもん》、腕骨《わんこつ》といった手首のツボが決められる形になり、技をかけられた人間は、激痛のため何もできなくなってしまう。

それを見て、もうひとりの巨漢がつかみかかってきた。

竜門は、相手の膝を踏み込むようにおさえた。

それだけで、相手の動きが止まる。

そうしておいて、手首を固めていた相手を小手返しの要領で、動きの止まった巨漢のほうに投げ出してやった。

ふたりはぶつかり、もつれ合っている。

その隙《すき》に逃げ出そうとした。

だが、もうひとり現れた。

その男は小柄だったが、全身バネのような感じがした。

いきなり、ジャブを三連打してきた。三発目を頬に受けてしまった。

かっと目のまえがまばゆく光る。視界の四方に星が流れていく。

続いて右のフック。

竜門は辛うじてそれを受けた。相手はかまわず流れるように、回し蹴りにつないだ。

上段でなく中段を狙っている。

竜門は、相手のコンビネーションを最後まで許さなかった。

フックは左腕で受けていた。そのまま、相手の腕の内側に沿うように手を伸ばす。

左の掌打《しょうだ》が相手の顔面に決まった。ちょうど相手は、回し蹴りを出そうと、片方の足に体重を移したところだった。

掌底の部分が、横から顎《あご》に当たる形になった。

相手はそのたったの一撃でバランスを崩した。竜門はすかさず入り身になって、難なく相手を投げた。

「野郎！」

巨漢が再びつかみかかってきた。つかまれるまえに、相手の顔面に掌打を見舞う。右、左と二発連続して打ち込んだ。

相手の動きを止め、目をつむらせるのが目的だ。ダメージを狙っているわけではない。

巨漢は伸ばしていた手を思わず止めてしまった。

竜門はさっと巨漢の後方に右足を運ぶと、巨漢の胸の前を切り上げるように手刀を突き上げた。

ちょうど膝と手刀で相手の体をはさむような形になる。

巨漢は抵抗できずひっくり返った。

最初につかみかかった男が、ボクシングの構えを取っていた。

これではきりがない、と竜門は思った。しかたがないが眠らせるしかない。

そのとき、複数が駆けてくる足音が聞こえた。

「動くな!」

見ると制服警官がふたり駆けてくる。

竜門は、三人の相手が逃げ出すに違いないと思っていた。

だが三人はその場で、警官が近づいてくるのを見ていた。竜門は自分の立場がひどく不利なのに気づいていた。

逃げ出すと、つかまったときに余計に面倒だ。

道を歩いていたら、いきなり喧嘩を売られたのだと開き直るしかない。事実、そのとおりなのだ。

今のところ、竜門に非はないはずだ。相手にけがもさせていない。

「何をしている」

警官が言った。

ボクシングの構えをしていた男がこたえた。

「自分らは、お客様の依頼によって警備をしているところです」

「警備……?」

「はい」

「あんた、名前は?」

「津田。このふたりは、本条と工藤。警備保障会社の者です」

そして、津田は社名を言った。

「誰の依頼だね?」

「このマンションに住む、高田和彦という人です。タック・エージェンシーという芸能プロダクションの社長です」

警官は一瞬、顔を見合った。

彼らがパトロールを強化しているのは、その高田のためなのだ。

津田はさらに言った。

「不審な人物を見つけたので、追っ払おうとしていただけです」

警官は竜門のほうを見た。

「あんたは……？」

「散歩をしていただけだ。急に呼び止められ、つかみかかられた」

「名前は？」

竜門は言いたくなかった。黙っていると、警官はもう一度、語調を強めて言った。

「名前だよ！」

竜門は、事態は悪いほうへ悪いほうへ向かっていると感じていた。

彼は高田が雇った人間と一戦を交えてしまい、警察官に質問されている。

あきらめて口を開こうとしたとき、背後から声がした。

「その人はいいんだ」

聞き覚えのある声だった。

振り返って顔を見るまでもない。辰巳の声だった。

「何だ、おまえは？」

制服警官は言った。

警察官というのは、少しでも気に入らない相手には高圧的な態度に出るものだ。なめられることを極度に嫌う。恐れられることを喜ぶのだ。ヤクザと似たような体質を持っている。

辰巳は、紐のついた警察手帳を出して見せた。

「捜査課の辰巳ってんだ」

警官たちは鼻白んだ態度になり、形ばかりの敬礼をした。

「知り合いですか？」

「捜査の協力者だ」

制服警官たちは、迷惑そうな顔をした。

「頼んますよ。騒ぎを起こされて迷惑すんのはこっちなんですから」

「わかってる。すまなかったな」

制服警官は去っていった。

津田たち三人は何となく気まずそうにしながら散っていった。

「四人いたんだがな……」

辰巳が言った。

「え……?」

「高田のボディーガードだよ。ひとり、昼間、膝をやられちまってな……。補充はされなかったみたいだな……」

「ずっと見ていたのですか?」

「見ていた。さすがだな、先生。あの三人、まったく歯が立たなかった」

「止めようと思えば、止められたのに……?」

「先生だって、たまには運動が必要だろう。ちょっと来てくれ」

辰巳は歩き出した。

竜門はしかたなく、そのあとに続いた。

車が駐まっていた。覆面パトカーだ。昼間辰巳が乗っていたのとは別の車だった。

高田に見られたので車を変えたのだ。

「乗ってくれ、先生」

辰巳は後部座席のドアを開けた。

竜門は乗り込んだ。すると、となりに辰巳がすわり、ドアを閉めた。

警官が車のなかで質問をするときの基本のすわりかただ。

運転席に山田がいた。辰巳が言った。

「すまねえな、山田。しばらく外に出ていてくれないか」

「いいですよ」

山田は車の外に出てドアを閉めた。高田が住むマンションのほうを眺めている。

辰巳が言った。

「昼間、容疑者を見たよ」

竜門は何も言わない。

「高田が襲撃されたんだ。さっきのボディーガードたちがついていたが、やっぱり歯が立たなかった……。それで、俺は、先生とやつらが戦い始めたとき、興味を覚えた。先生と容疑者、実力はどっちが上かってね……」

「ボディーガードを判断材料にしたというわけですか？」

「まあ、そういうことになるな……」

「勝負というのは、直接戦ってみないとわからないものなんです」

「だが、俺の見るところじゃ、いい勝負だ」

「僕には脳内出血を確実に起こさせるような殺し技はありませんよ」

「だが、別な殺し技なら持っている。そうだろう」

話したい話題ではなかった。

「戦うところを見たのですね？」

「見た。実際に、この俺も戦うところだった」

「やはり跆拳道《テコンドー》でしたか？」

「跆拳道ってのは、どういった特徴があるんだ？」

「とにかく足技が多彩です。足でやるボクシングとも言われています。コンビネーションやカウンターの技もすべて蹴り中心なのです。そして、跆拳道の蹴りは、たいへん華麗です」

「どんな蹴りがあるんだ？」

「ありとあらゆる蹴りです。ボクシングのジャブ、ストレート、フック、そしてワンツーなどのコンビネーションをすべて足でやると思ってください」

「そんな感じじゃなかったな……」

「どんな技だったのです？」

「何しろ一瞬のことなんでな……。だが、そういう派手な技じゃなかった。どちらかというと地味で、まあ、悪く言やあ泥臭い感じだったな……。そいつは、いきなり突進していったんだ」

「突進……?」

「そう。文字どおりの猪突猛進《ちょとつもうしん》てな感じだったな。それで、あのでかいのをぶっ飛ばしちまった」

「大柄な男でしたか?」

「いいや。普通だな。一六五から一七〇の間くらい。むしろ小柄といってもいいかもしれない」

「体当たりをしたのですね」

「そうだ」

「その他には?」

「踏み降ろした」

「踏み降ろした……?」

「そう。ジャンプしてな……。着地する勢いでローキックにいったボディーガードの膝を踏み折っちまった」

竜門は、しばらく無言で考えていた。やがて、彼は言った。

「どうやら、僕は間違っていたようです」

「跆拳道のことかい?」

「ええ……。犯人が使った技は跆拳道ではありません」

「じゃあ、何だ？」

「体当たりを得意とする武術があるにはありますが……」

「例えば？」

「中国武術のなかの回族《かいぞく》系の拳法」

「カイゾク……？」

「ええ。イスラム系の少数民族のことをそう呼んだのです。勇猛な民族で、強力な武術を作ったことでも有名です。八極拳や心意六合拳などがそうです。体当たりのことを中国武術では心意把《しんいは》と呼びます」

「シンイハ……」

「心に意識の意と書いて心意把。把というのは手偏に巴《ともえ》。拳法という意味で使われる字です。心意把には、頭から当たったり、肩で当たったり、二の腕を含めた体側全体で当たったりと、さまざまなやりかたがあるのです。また、体ごとぶつかるような勢いで両手を突き出す虎扑把《こぼくは》と呼ばれる手法などが含まれています」

「犯人は、その心意把という技を得意とする中国武術をやってるのかもしれんな……。心意把で脳内出血を起こさせることはできるのかい？」

「心意把はもともと殺し技とされています。それくらい強力な技なのです。脳内出血が起こるようなこともあるかもしれませんね」

「確実に起こせるわけではない、と……」

「心意把というのは基本的には体当たりのことです。全身にひどい衝撃を与えて、内臓などを損傷し、死に至らしめる場合が多いといわれています。ですが、体当たりをくらってひっくりかえったとき、アスファルトやコンクリートで頭を打てば……」

「どうも、そいつは、今回の被害者のケースには当てはまらないような気がするな」

竜門はかすかに溜め息をついた。

「同感ですね。ただ、その系統の武術だという気はしますがね……」

「自分で戦ってみるつもりなんだろう、先生」

「戦うかどうかはわかりません。でも、興味があるのは確かですね」

「戦ってみなくちゃどんな技かわからないじゃないか」

「あなたは、僕をけしかけようとしているみたいだ。刑事がそんなことをしていいのですか？」

「俺は戦えとは一言も言ってないよ、先生」

竜門は何も言わなかった。

ドアを開けて外へ出ようとする。

辰巳が言った。

「おそらく、高田社長はまた狙われる。俺はべったりと高田社長に貼りついているつもりだ」

竜門は外に出た。

山田が竜門の顔を見た。互いに何も言わなかった。

山田は運転席に戻り、竜門は歩き去った。

11

辰巳は車のなかで朝を迎えた。山田が運転席で寝息を立てている。

着ているものがごわごわする感じだ。舌に苔《こけ》が生えたように口のなかが不快だ。

シャワーを浴びてうがいをしたい。

だが、それは許されない。あと三時間もすれば交代要員がやってくるだろう。

そうしたら仮眠を取り、シャワーを浴びることができる。とにかく、頭はかゆいし、足は妙に汗ばんでいる。

高田社長が出かけるのは十時過ぎだった。それでも十時半には会社に着ける。

辰巳は、それを会社の人間から聞いて知っていた。

まだ六時半だった。高田が出てくるには間があると辰巳は思った。

缶コーヒーでも買いに行こうかと思い、ドアに手をかけた辰巳ははっとした。

高田がマンションの玄関に姿を現したのだった。手にボストンバッグを下げている。旅行の支度をしているようだ。

「おい、起きろ！」

辰巳は山田を叩き起こした。

がっ、と、いびきを一声かいて、山田は目を覚ました。あわててハンドルを握る。

「高田社長だ！」

山田はまだ半分夢のなかにいるようだ。よほど熟睡していたようだ。

目をこすり、自分の頬を両手でぴしゃりと叩いたあと、山田は言った。

「迎えのベンツは？」

「来ない。小さなボストンバッグを持っている。おそらく旅支度だな……」

高田が歩き出した。表通りに向かっている。

「どうします？」

「ゆっくりと車を出せ。見失わないようにな……」

山田は、言われたとおりにした。

少し移動しては停まり、また移動しては停まる。

高田がもう少し用心深く、山田がもう少し不手際だったなら、尾行は気づかれていたかもしれない。

恵比寿駅のガード脇から白金へ抜けるバス通りに出ると、高田は立ち止まった。

「タクシーでも探してるんでしょうかね……?」

「おそらくな……。よし、一本むこうの路地からあの通りに出るんだ」

「はい……」

高田が立っている場所の、はるか手前に顔を出す形になる。

通りには出ずに曲がり角に停車して様子を見る。その目のまえをタクシーの空車が通り過ぎていった。

高田はそのタクシーを拾った。

「よし」

辰巳は言った。「尾《つ》けろ!」

高田を乗せたタクシーは羽田空港に着いた。まだ朝のラッシュは始まっておらず、車の流れは順調だった。

覆面パトカーを空港ビルのまえに駐めたまま、辰巳と山田は高田を尾行した。

高田は、全日空の発券カウンターでチケットを手に入れ、別のカウンターに行ってチェックインをした。

小振りのボストンバッグは手に持ったまま、二階へ昇るエスカレーターに乗った。

辰巳は、チェックイン・カウンターに駆け寄り、係員に手帳を見せて言った。

「今の、高田という客はどこまで行くんですか?」

若い女性係員は目を丸くした。

「福岡行き、二四三便のチェックインをなさいましたが……」

辰巳は、唇を噛《か》んだ。

「どうします?」

山田が尋ねる。

「行くっきゃねえな……」

「行くって……」

辰巳はカウンターの係員に尋ねた。

「その便に空きはあるかい？」

「ございます」

「ふたつ用意して欲しい」

「あの……、発券カウンターでチケットをお求めになっていただかないと……」

「そうだな……。山田、おまえ、いくら持ってる？」

「げ、現金ですか？　二万ちょっとだと思います……」

「俺も似たようなもんだ……」

「これって、公務でしょ……」

「高田社長に逮捕状《オフダ》が出てるわけじゃねえ。容疑者ですらない。おまえ、クレジットカードは持ってるか？」

「ありますけど……」

ＶＩＳＡカードだった。

「そいつで、福岡行きのチケットを二枚買って来い」

カウンターのなかから女性係員が言った。

「カードをおあずかりします。こちらで手配いたします」

山田は、情けない表情で辰巳を見ながら、カードを係員に手渡した。

辰巳は、係員に言った。

「すまないな……」

それから、山田のほうを向いた。「心配するな。戻ったら出張扱いでちゃんと精算してやる」

「本当ですね」

「ああ。本当だ。車を駐車場に入れて来い」

山田はカード伝票にサインをすると、ビルの外へ行った。

係員が尋ねた。

「席のご希望はおありですか？」

「さっきの客と、できるだけ離れた席をたのむ」


辰巳はすぐさま渋谷署に電話をかけ、当直の刑事に事情を説明した。

当直の刑事は、福岡県警に連絡して協力を要請すると言った。

辰巳は電話を切ると、ふと考え込んだ。迷ったすえに、手帳を取り出しダイヤルした。

呼出音七回。相手はまだ寝ているようだ。

八回目のベルで相手が出た。

「はい……」

「先生。寝てたかい？」

「辰巳さんですか……」

「高田社長が今羽田にいる」

不機嫌そうな沈黙。

「なぜだか、先生に知らせておきたくなってな……」

「おかげで、主のいないマンションのまわりをうろつかなくて済みますよ」

「ああ……」

辰巳は自分がわずかながら失望しているのを不思議に思った。「まあ、そういうこったな……。俺もこれから福岡行きの便に乗る」

電話を切った。

山田が駐車場から戻ってくる。

辰巳は、機内への搭乗が始まるまで、出発ロビーには入らないつもりでいた。それだけ高田に見られる可能性が少なくなる。

辰巳は一階ロビーでしょぼしょぼする目を親指と人差指でこすっていた。

「辰巳さん……」

山田が声をかけた。

「ああ?」

山田を見ると、山田はロビーのあらぬほうを見ている。高田がいたのか、と思い、はっとそちらを見る。

高田ではなかった。さきほどのカウンターにいた係員が小走りに近づいてくるのが見えた。

「あの……」

彼女は言った。「さきほどの、高田さまとおっしゃるお客さまですが……」

「どうしました」

「念のため、発券カウンターに確認したところ、福岡経由で、対馬《つしま》までのチケットを買われているとのことです」

「対馬……」

「はい……。おあずけの手荷物がない場合、チェックイン・カウンターでは、最終目的地を確認し切れませんので、念のためにお調べしました」

辰巳は、彼女の機転、サービス精神、そして協力の姿勢に、感動した。本当に涙が浮かびそうになったくらいだ。

「感謝します。すいませんが、対馬までのチケットも用意してもらえますか……。おい、山田、カードだ」

「はい……」

「どうぞ、こちらへ……」

辰巳たちは、係員について再度カウンターへ行った。

辰巳は係員の名札を見た。花岡という名だった。

「ありがとう。あんたの名は忘れない」

彼女は、落ち着いて、営業的ではあるが、きわめて魅力的な笑顔を見せた。

「またのご利用をお待ちしております」


辰巳はもう一度署に電話をして、行き先は福岡ではなく対馬だと告げた。

「対馬って何県なんだ？」

電話に出た刑事が尋ねる。辰巳はそばにいた山田に尋ねた。

「おい、対馬は何県だ？」

「長崎県だったと思いますよ」

辰巳は受話器に向かって言う。

「ヤマが長崎県だろうと言っている。長崎県警に連絡しておいてくれ」

「わかった」

辰巳は電話を切ると、山田に言った。

「私用電話をかける。ちょっと、あっち行ってろ」

山田は言うとおりにした。

辰巳はもう一度竜門に電話した。

「先生。行き先は福岡じゃなかった。対馬だ」

「辰巳さん……」

竜門は言った。「あなた、まさか、僕にいっしょに来いと言ってるんじゃないでしょうね？」

「さあな。ひょっとしたら、来てほしいのかもしれない」

「行く義理はありませんよ」

「犯人は、高田を追って対馬へ行くかもしれない」

「それで……？」

「先生は、犯人がどんな技を使ったか知りたいんじゃないかと思ったんだがな……」

短い沈黙。

「もちろん興味はあります」

「宿が決まったら、また連絡する」

辰巳はそう言って電話を切った。

自分が竜門に言った一言が気になり始めた。

「犯人は、高田を追って対馬へ行くかもしれない」

彼は咄嗟《とっさ》にそう言った。

あの髯《ひげ》の男は、高田を執拗《しつよう》に追い回している。

辰巳は、思わず空港内を見回していた。あの髪の長い、髯面の男がどこかにいるのではないかと思ったのだ。

「電話、終わりましたか?」

山田がそう声をかけた。

「ああ……」

「そろそろ、搭乗手続が始まりますね」

福岡行全日空二四三便は、七時五十分発だ。時計を見ると、七時三十分だった。

「そうだな。そろそろ上へ行くか」

ふたりはエスカレーターに向かった。

「しかし……」

山田が言った。「対馬に何の用なんですかね……」

辰巳がこたえた。

「たぶん、空白の四年間に関係があるんだろう」


(朝っぱらから、迷惑な話だ)

竜門は、フローリングのリビングルームでいつもの朝の練習をしていた。

『汪楫《ワンシュウ》』の型を、移動せずに行なえるように工夫したもので、基本技と気を練る。

『汪楫』の型には十八の挙動がある。そのすべての挙動を、臍下丹田《せいかたんでん》にぎりぎりまで蓄えた気を激しく放出しながら行なう。

たちまち、竜門の全身に汗が噴き出す。

ゆっくりした動きだが、筋肉は最大限に緊張している。

ゆっくりした動きのなかで、時折、速い突きや受けの動作が入る。その突きは、目に止まらぬ速さだ。

その瞬間に汗が飛び散る。

呼吸も一気に鋭く吐き出す。しかし、浅い呼吸ではない。ゆっくりと吐くときと同じ量の息を一瞬にして吐き出すのだ。

そうした呼吸法なしでは、鋭く切れのある動きと本当の技の威力は得られない。

型を終えると、ストレッチをやり、筋肉の緊張を取る。

そのあと、また、『ナイファンチ初段』という型を練習する。『ナイファンチ初段』は多くの流派で広く行なわれている代表的な鍛練型だ。

横に一歩移動するだけのこの型は、狭いところで練習し、体を練るのに適している。

本来は、勢いよく踏み込むこの型を、竜門は、まったく足音を立てずに練習していた。

そっとゆっくり足を降ろすわけではない。型の勢いを殺さず、なおかつ音を立てぬように体を使うのだ。

今はもうやらないが、床に書道用の半紙を敷きつめて練習した。半紙が破れたりしわになったりしないように足を降ろすのだ。

足音を立てないくらいに体をうまく使えれば、強く踏み込むことなどは簡単だ。

型とはこのように、体を練るために利用するもので、決して演ずるためのものではない。

朝の練習を終えると、竜門はコップ一杯の湯冷ましを飲む。

朝食は取らない。

朝食をしっかり取るのが健康にいいと一般に言われているが、必ずしもそうとはいえないと竜門は考えていた。

消化器はたいてい酷使されている。胃腸にも休息は必要なのだ。

現代人は、慢性的に食べ過ぎの状態だと竜門は感じていた。今の世の中では、多くの場合、食べないことで病気になるのではなく、食べ過ぎで病気になるのだ。

（まったく、迷惑な話だ。対馬など冗談ではない……）

竜門は、シャワーで汗を流し、歯を磨き、髯をそった。

シャツと白衣を身につけると、エレベーターで一階の整体院へ行く。

真理が予約のチェックをしていた。

「おはようございます」

真理は顔を上げた。

「おはよう」

事務室にある机に向かう。ふと思いついたように振り返る。「明日は土曜日だったね。予約は何人入っている」

「ええと……」

真理は予約表を見る。「ふたりです」

土曜日の午後は休診だった。

「月曜日は?」

「六人です。午前中にふたり、午後四人……」

「土曜日と、月曜の分を、キャンセルか、あるいは火曜日以降に振り分けられないかどうか、電話で調整してみてくれないか」

「どうしたんです? お休みにするんですか?」

「対馬へ行く」

「対馬……?」

「そう。まったく迷惑な話だ……」


全日空二四三便は、スーパージャンボ機だ。五百二十八席で、ほとんど満席状態だ。五百人以上の人間に紛れ込むのはそれほど難しくはない。しかも、辰巳も山田もプロフェッショナルなのだ。

問題は、福岡から対馬までの便だった。対馬までは、全日空系列のエアーニッポンで飛ぶ。

全日空二四三便は、九時三十分福岡到着予定だ。

一時間の待ち合わせで、十時三十分発、対馬行エアーニッポン一四五便がある。これはわずか六十四席のプロペラ機、オリンピアだ。観光バスに毛が生えたほどの大きさでしかない。この機内で高田と顔を合わせずに済ますというのは至難の技だ。何とかしなくてはならない。

エアーニッポン一四五便のまえは、九時三十分発の一四三便だ。今、辰巳たちが乗っている全日空二四三便の到着予定時刻が九時三十分。

到着は遅れることはあっても、まず早まることはない。

辰巳はスチュワーデスを呼んだ。すぐに、上品な笑顔を浮かべた美しいスチュワーデスがやってくる。

辰巳は、そっと警察手帳を見せて、言った。

「相談があるんだが……」

隣りの席の客が、怪訝《けげん》そうな、あるいは興味深げな表情で辰巳を見た。スチュワーデスは雰囲気を察して、言った。

「こちらへどうぞ」

ドリンク・ステーションの物陰に辰巳を連れて行った。「どんなご用でしょう」

「この機と連絡する対馬行きの便は、エアーニッポン一四五便だね？」

「はい。十時三十分発です」

「通常はそのまえの九時三十分発の一四三便には乗らないね」

「ええ。タラップの取付作業に時間がかかったり、到着が遅れる場合がありますし、荷物の積み替えなどの作業もございますので、連絡機は十時三十分の一四五便にさせていただいています」

「私と相棒を、何とかそのまえの一四三便に乗せてもらえないだろうか?」

スチュワーデスは、ふと表情を曇らせた。

辰巳は、言った。

「どうしても、一四五便より先に対馬に着きたいんだ」

スチュワーデスの決断は早かった。

「わかりました。お席でお待ち下さい。機長と相談してまいります」

「たのんます」

辰巳は席に戻った。

十分後、スチュワーデスがやって来て告げた。

「機を降りられましたら、すぐに地上係員にお申しつけください。そのまま、係員がご案内いたします」

「すいません。恩に着ます」

「いいえ。お気をつけて……」

辰巳は、この誇り高いサービスに、またしても感動していた。

12

真理は、何とか患者と連絡を取って予約をずらしたり取り消してもらったりした。

そして、翌日の朝の対馬までの便を予約した。高田が利用したのと同じ便だった。

患者がとぎれて、竜門が事務室へやってきた。

「患者さんの予約、何とかなりました。チケットも予約しました」

「あ、そう……。どうも……」

あいかわらずの、ぼそぼそとした口調だ。

「どうして、突然、対馬へ旅行することにしたんですか？」

「辰巳さんがね……」

「辰巳さん……？」

「突然、対馬へ行っちゃってね……」

「それが、先生とどういう関係があるんですか?」

「さあ……。どういう関係があるんだろう……」

「もう! はっきりしないんだから……」

「だから、僕にもはっきりわからないんだよ」

「いいわ。あたし、付いて行っちゃうから」

「付いて行く……?」

「そうよ」

「だめだ」

「どうして?」

「危険だ」

「何が、どう危険なんですか?」

竜門はいらぬことを言ってしまったと思った。冷静沈着な竜門が、真理のことになると調子が狂ってしまう。

「男と女がふたりっきりで旅行をするなんて危険だろう」

真理は笑い出した。

「男といったって、相手は先生でしょ? ちっとも危険じゃないわ」

「なめちゃいけない」

だが、竜門は、それ以上は言えなかった。

「それに、辰巳さんもむこうにいるんでしょ。ふたりっきりというわけじゃないわ」

「そりゃそうだが……」

「福利厚生と思ってください」

「福利厚生……？」

「そ。社員旅行みたいなものですよ」

「チケットの予約なんかはどうするんだ？」

「こんなこともあろうかと、ふたり分予約しておきました」

竜門は折れた。

「好きにしなさい」


本来なら、ドアが開くまえから、ドア近くへ行き、真っ先に外へ出るべきなのだが、高田の眼を考えるとそうもいかなかった。

辰巳は高田が出て行ってから席を立つことにした。すでに辰巳は高田がどこにいるかを確かめていた。

ドアが開く。すでに待ち切れぬ乗客が列を作っていた。その列が動き始める。

高田は比較的早くその列に加わった。見かけによらずせっかちなのかもしれない。あるいは、何かの理由で気が急《せ》いているのだろうか――辰巳は思った。

おそらく後者だろう。落ち着いていられる心境ではないようだ。

高田が出て行った。

「よし、行こう」

辰巳は山田に言った。

搭乗口を出たところに、男の係員がいた。手に搭乗券を持っている。

辰巳が声をかけると、その係員はうなずいた。

「こちらです」

通路がそのまま機の搭乗口に取り付けられ、外に出ずに到着ロビーまで行ける。

係員は、辰巳と山田を、到着ロビーからまっすぐに、エアーニッポン一四三便の駐機場へ案内した。

出発時間をすでに十分過ぎたオリンピアがまだドアを開けて待っていた。

係員は小走りにタラップに向かって走る。

「うへっ。プロペラ機か……」

山田が言った。「揺れるでしょうね……」

「がたがた言うな。いざというときは、ジェット機より安全なんだ」

搭乗口に、スチュワーデスが立っている。彼女は、辰巳を案内してきた地上係員から搭乗チケットを受け取った。

辰巳が係員とスチュワーデスの顔を見て言った。

「どうもすいませんでした」

スチュワーデスが辰巳と山田を席まで案内する。

席にすわると、すぐにドアが閉まり、エンジンがかかった。

プロペラ機の始動は、ジェットエンジンなどとは違い、馴染《なじ》み深い感じがする。自動車のエンジンと同じ感覚だからだ。

飛行機が飛び立つと、辰巳はほっとした。ほっとしたとたん、ひどい疲労感を覚えた。

「対馬まではどのくらいだったっけな」

辰巳は山田に尋ねる。

「四十分です」

辰巳はうなずいた。

この機内にいる間だけは、高田のことを気にしないで済む。

辰巳は目を閉じた。ほとんど間を置かず、彼は眠っていた。

山田に起こされるまで、一度も目を覚まさなかった。

辰巳が目を覚ますと、機はすでに着陸しており、空港内をタキシングしていた。

着陸の衝撃にも目を覚まさなかったことに、自分で驚いた。

短時間だがぐっすり眠ることができ、わずかながら活力が戻ってきたような気がした。

ドアが開き、飛行機を降りる。空港内を歩いて到着ロビーへ向かう。

空港ビルはなかなか立派なものだった。

「一四五便が着くまであと五十分ある」

辰巳が言う。「俺は署に連絡するから、宿の手配をしておいてくれ」

辰巳が山田に言う。

「はい」

山田は、観光案内と書かれた窓口へ行った。

辰巳は署に電話した。長崎県警にはすでに連絡済みとのことだった。県警本部から、対馬の厳原《いづはら》署に協力要請の知らせがいっているはずだと電話の相手は言った。

その刑事は、厳原署の電話番号を辰巳に教えた。

辰巳は一度電話を切り、すぐに厳原警察署に電話をした。

捜査課に電話を回してもらい、事情を説明すると、すぐに了解してくれた。

「今、どちらです？」

「対馬空港にいます」

「すぐに向かいます。阿比留という者が行きます」

「お願いします」

辰巳は、アビルというのは変わった名だな、と思いながら電話を切った。

観光案内のカウンターに近づき、山田に言う。

「宿は取れたのか？」

「交通ホテルというところを紹介してもらいまして、今、部屋をおさえたところです」

「どんな部屋だっていいぞ。部屋で寝れるとは限らんのだから……」

「和室が空いているというので、そこにしてもらいました。シングルルームよりいいでしょう」

辰巳は時計を見た。十時半になろうとしていた。一四五便が福岡空港を飛び立つ時間だ。

「腹が減ったな……」

「二階に、レストランか何かがありそうですね」

「大急ぎで何かかき込んでくるか……」


ふたりは二階へ行った。出発ロビーへの入口があり、その先に土産物屋《みやげもの》がある。その向かい側に、喫茶とレストランが並んでいた。

ふたりは喫茶に入り、メニューを見た。

そばがあった。対馬そばは、つなぎを使わないので有名なのだ。

辰巳も山田もそばを注文する。辰巳も山田も、対馬そばが有名だなどとは知らない。

辰巳は、妙に太いそばだな、と思いながら大急ぎでかき込んだ。関東の者にとっては、汁が少し甘すぎた。

あっという間にそばを平らげ、ふたりは階下へ戻った。ロビー内を、うろついている男がすぐに眼についた。明らかに人を探している。

同業者のにおいというのはすぐにわかる。辰巳はその男に近づいた。むこうでも、辰巳に気づいた。

やはり、すぐに同業者であることがわかったようだ。

辰巳は尋ねた。

「阿比留さんですか？」

「そう。警視庁の辰巳さん？」

「そうです。こちらが山田。お世話になります」

「捕り物になりそうなんですか？」

「わかりません。事件のあらましは？」

「聞きました」

「三人の共同経営者のうち、ふたりが死んだ。捜査本部ではふたりとも殺されたのだと思っていますがね……。残ったひとりが、この時期に、急に旅行をするのは不自然だと思いましてね……」

「それも、対馬にね……」

「高田は……、その生き残った、共同経営者のひとりですが……、彼は、一時期、対馬にいたことがあるのかもしれない……」

「はあ……。でも、何のために、やってきたのでしょうな？」

「わかりません」

辰巳は言った。「でも、貼り付いてりゃ、必ずわかりますよ」


一四五便が到着した。

乗客はそれほど多くないので、高田社長を見つけるのはきわめて容易だった。

「容疑者はいないようですね……」

山田が辰巳に言った。

「どうかな……。髪を刈って髯をそったら、おまえ、容疑者だと言い当てる自信あるか？」

確かにモンタージュ写真は、髯のないものや、髪を短くしたものもある。しかし、それが正確なものとは限らない。

逆の場合――つまり、もともと髪が短いモンタージュ写真を長髪にしたり、髯のないものに髯をつけたりした場合は、かなりの正確さを期待できる。

だが、もともとのモンタージュ写真が長髪で長い髯がある場合は、あまり期待できない。コンピューターの技師は、解析精度は確かだと主張するが、問題はグラフィック処理ではなく、目撃者の記憶のほうなのだ。

「だとしたら、私らが空港で張り込んでいても、手柄は望み薄だな……」

厳原署の阿比留が言った。

「なに……、高田に貼り付いてさえいりゃ……。よし、尾《つ》けるぞ」

辰巳は言った。

高田は、対馬まで来て尾行されるとは思っていないようだった。まったく無警戒で、夕クシー乗場に向かう。

「車はこっちです」

阿比留が言う。

紺色のステーション・ワゴンだった。無線がついているところを見ると、署の車らしい。

高田の乗ったタクシーが発車した。

空港を出るとき、説明書きの看板が見え、日本語の下に、ハングル文字が書いてあった。

それに気づいた辰巳が尋ねる。

「韓国語が書いてありますね。韓国との往き来はやはり多いのですか？」

阿比留がこたえる。

「ああ……。昔の名残りですよ。今はとりたてて韓国との往き来があるわけじゃない。戦前は、島の北のほうの人は、釜山《プサン》まで買い物に出かけたそうだけど……」

「釜山まで……？」

山田が言う。「そんなに朝鮮半島に近いんですか？」

「釜山まで最短距離で五十三キロ。博多まで最短距離で百三十二キロ。本土へ行くより、韓国へ行くほうが近いんですよ。でも、今じゃ、みんな飛行機を使いますからね……。出入国管理の問題もあり、対馬と朝鮮の関わりは、今じゃ歴史的なものになってしまいましたね」

「阿比留さんは、対馬のかたですか?」

「そうです。阿比留という名はね、対馬の名前なんですよ」

「珍しい名だと思ってました……」

「対馬では多い名ですよ。まあ、本土でいう鈴木、佐藤みたいなものですね。鎌倉時代から、対馬は、宗《そう》一族が統治しましてね。それが、江戸時代まで続きます。その宗家が統治するまえに対馬に住んでいた豪族が、阿比留氏なのです。古代文字のひとつ、阿比留文字を伝えたというので有名ですね」

「じゃあ、阿比留さんは、その阿比留氏の子孫というわけですか?」

「いやいや、名前だけ。名前だけ、私の先祖がいただいたのでしょうなあ……」

「ずっとこちらにいたわけではないでしょう?」

「ええ。長崎県内をあちらこちら転勤しましてね……。ようやくここに落ち着いたようです」

「ご希望なさって?」

「そうです。若い人はどんどん島から出て行ってしまいます。島に仕事がないからです。若い人は特に貧しい土地を嫌うものです。でも、生まれ故郷で暮らしたいと思う者もおるわけです」

「わかりますよ……」

「東京で暮らしている人にわかるとは思えませんね」

「いや……。東京はある意味でとても貧しい土地ですよ」

阿比留は理解したのか、それとも、不毛な議論と思ったのか、何も言葉を返さなかった。

辰巳は話題を変えた。

「タクシーはどこへ向かってるんです?」

「厳原の町へ向かっていますね。まず、宿に落ち着くのではないでしょうか」

「なるほど。……で、その厳原というのは?」

「対馬で一番大きな町です」

阿比留は、気も悪くせずに、淡々と説明した。

「対馬藩宗家十万石の城下町です。対馬の人口の大半が厳原に集中しているといってもいい。対馬は、厳原、美津島《みつしま》、豊玉《とよたま》、峰、上県《かみあがた》、上対馬の六つの町から成っています。厳原には対馬支庁もあり、対馬への玄関口であり、中心地でもあります」

「私ら、交通ホテルという宿を取ったんだが、それも厳原にあるのかね?」

「そうです。対馬で一番大きなホテルです。設備もサービスも、まあまあだと思いますよ」

「一流ホテルというわけですね」

「対馬のなかでは一流です」

辰巳は、高田社長の好みを考えた。高田は明らかに高級志向で一流好みだ。対馬では交通ホテルを選ぶのではないかと考えた。

それなら、それでかえって好都合かもしれない。

山田がまわりの景色を見て言った。

「妙ですね……。海に浮かぶ島にいる感じがしない。なぜだか信州かどこかにいるような気がするんですが……」

阿比留がこたえた。

「幹線道路の国道三八二号が、ずっと山のなかを走っていますからね。海沿いには太い道はないんです。対馬の道路は山道ばかりだから、そんな感じがするのですよ」

厳原町を進むと、アビル電気という看板が見えた。なるほど、阿比留という姓は一般的なようだ。

タクシーは繁華街に入り、停まった。

国道三八二号線沿いだった。この国道は、そのあたりでは大町通りと呼ばれている。

橋の手前だった。

「やはり交通ホテルだな……」

阿比留がつぶやいた。「この商店街の裏手に交通ホテルがあるんです」

「よし、入ろう」

辰巳が言った。

阿比留がステーション・ワゴンを、細い道へ進める。

車をホテルの玄関前に停めた。玄関前もひどく狭い。

この町はどこもかしこも狭く、何だか息が詰まりそうな感じだな、と辰巳は思った。

「私が様子を見て来ましょう」

阿比留が言った。「高田社長は、私の顔を知らない」

「たのんます」

辰巳がうなずいた。

阿比留は、玄関のなかへ入って行き、五分ほどで戻って来た。

「高田社長は、チェックインを終えて部屋へ行きました。四人泊まれる和室をひとりで借りたそうです。部屋は五階です」

「よし、俺たちもチェックインしよう」

辰巳は山田に言った。

チェックインのとき、高田社長の部屋のとなりか向かいが空いていたら、そこにしてくれるようたのんだ。

そのときに警察手帳を見せた。

フロントの係員は、当然、理由を尋ねた。

「捜査の一環です」

辰巳はこたえた。「心配せんでください。高田という客は容疑者ではない。これだけははっきりしています。しかし、高田さんには、われわれがここに泊まっていることは知られたくない。くれぐれも秘密にしてください。いいですね」

警察手帳を見せられたうえに、ヤクザ者をも気おくれさせる辰巳の眼で睨まれては、フロント係は納得するしかなかった。

13

辰巳たちもチェックインして部屋に入った。バス・トイレ付きの和室だ。四、五人は泊まれる広さがある。

戸棚のなかにある浴衣を数えると四着あった。

辰巳や山田に付いて阿比留も部屋へやってきた。

高田は向かいの部屋だった。これで監視がぐっとやりやすくなった。

とりあえず、山田が戸口近くにおり、向かいのドアの様子を探ることになった。

辰巳は外線に電話をかけた。

まず、渋谷署に報告する。

そのあとで竜門整体院をダイヤルした。

「あ、真理ちゃんかい？　辰巳だ。先生、いるかい？」

しばらく待たされ、竜門のいつものぶっきらぼうな声が聞こえた。

「はい……」

「先生、念のために俺が泊まっているところを知らせておこうと思ってな。対馬交通ホテルだ」

辰巳は電話番号も教えた。

「そのホテルにあとふたり分、予約を取っておいてください」

「どういうことだい」

「明日、朝の早い便でそちらに発《た》ちます」

「そいつはどういう風の吹き回しかな……」

「僕は僕で調べたいことがあるだけですよ」

「ふたり分というのは？」

「僕と真理ちゃんの分です」

「真理ちゃんがいっしょなのか？」

「ええ、まあ……、福利厚生です」

「福利厚生？　だったら、俺たちなんぞといっしょのホテルじゃなく、旅館の部屋をおさえてやろう」

「同じホテルでいいですよ」

「じゃあ、和室がいいな。ふたりで泊まっても、充分に広い」

「シングルをふたつ取ってください」

「しょうがねえな……。わかったよ、先生。何時の便で着くんだ？」

「対馬着が、十一時十分ですね」

「やはり一四五便か……」

「僕は勝手に歩き回りますから、気にしないでください」

「わかった。じゃあな」

辰巳は電話を切った。

彼は心のなかでほくそえんでいた。何とか思いどおりに竜門を動かすことができたのだ。

竜門の意見は今回の事件では欠かすことができないと辰巳は考えていた。容疑者を逮捕しても、どうやって殺したのかがわからなければお手上げなのだ。

医者の意見も重要だが、竜門の武道家として、あるいは武道整体術のエキスパートとしての見識が重要なのだった。

阿比留も、辰巳たちとともに泊まり込むことになった。

高田はいつ何時《なんどき》動き出すかわからない。そのときに、車があるのとないのでは、行動に大きな差が出る。

そして、阿比留の土地勘は辰巳たちの大きな戦力となるはずだった。

張り込みの人数は多いほうが楽なのは言うまでもない。

通常、刑事は二の倍数の人数で行動する。一班はたいてい偶数になっている。ふたり一組で行動することが原則だからだ。

三人一組という変則の班が張り込みの活動を開始した。

竜門は、夕食を食べに出たついでに、対馬のことが載っているガイドブックを買ってきた。

通りいっぺんの対馬の知識はそれで得た。

対馬は、東西十八キロ、南北七十二キロの細長い島で、もともとはひとつの島だったが、江戸時代以降に海峡が開かれ上下ふたつの島に分かれた。

昔から大陸と日本の往来の要衝をなしてきた島で、『魏志倭人伝《ぎしわじんでん》』にもその名が登場している。

一三世紀には、元寇《げんこう》による文永の役、弘安の役があり、大きな被害を出した。

対馬は西海道十一国の一国で、島を支配していた阿比留氏を、一二四六年に惟宗重尚《これむねしげひさ》が討って以来、幕末まで宗一族の支配下にあった——そういった知識だ。

彼は、食事のあと、四階の自宅へは戻らず整体院に戻った。

今では物置き同様になっている部屋へ入り、書物をあさる。対馬に関係がありそうな書物を片っぱしから引っぱり出そうと思った。

しかし、その類の書物は少なかった。

竜門は武術関係の書もたくさん持っていた。若いころに集めたものだ。

彼は、本気で武術家として生きようと考えていた時期があるのだ。そうした時代には、古今東西の武術・格闘技に精通したくなるものだ。

武術関係の書物はその当時、むさぼるようにして読んだのだ。

技術の入門書もあれば、判じ物のような流派の理念を語る書もある。

そうしていつの間にか、部屋を埋め尽くす書籍のかなりの部分を占めるようになったのだった。

結局、竜門が目を通そうと思った書物は三冊だけだった。古武道の総覧的な本、古史古伝について書かれた本、そして、もう一冊はなぜか、モンゴル、スキタイ系民族の格闘技について書かれた書物だった。

まず、竜門は、対馬に独自の古武道があるかどうかを調べた。

彼は、辰巳から話を聞いて、ひとつのイメージを築いていた。そのイメージから仮説が生まれる。

今は、その仮説を組み立てる段階だった。

対馬には東軍流という剣術の流派があることがわかった。しかし、これは、幕藩体制ができ上がった後に、宗家によって伝えられたお留技《とめわざ》なのではないかと竜門は思った。

竜門が探しているのは、流派として洗練されているようなものではなく、その土地の人々が誰でもたしなんでいたような武術だ。

かつて、沖縄では空手がそうだった。

琉球空手《りゆうきゆう》には、首里手、那覇手、泊手の区別があるが、これはいってみれば、方言のようなもので、理念による違いというほどのものではない。

流派というのは、ある天才の癖から生じると考えればいい。

だから、流派の理念というのは、きわめて個人的なものなのかもしれない。そのため、流儀を学ぶことはできるが、流儀を継承できる者はあまりいない。

竜門は、書物からは対馬の武術については手がかりは得られなかった。

古史古伝について書かれた書物を選んだのは、阿比留氏のことを読んだ記憶があったからだ。

古史古伝と一般に呼ばれているのは、古事記・日本書紀以前に書かれたとされる歴史文書のことだ。

これら古文書に『古史古伝』という名をつけたのは吾郷清彦《あごうきよひこ》という研究家だ。彼は、古事記、日本書紀、古語拾遺の三書を『古典三書』と名づけ、さらに、それに先代旧事本紀《くじほんぎ》――別名旧書紀《くじき》を加えて『古典四書』と呼んだ。

彼が取り上げた『古史古伝』は、六書ある。

竹内文書、九鬼《くかみ》文書、宮下文書の三書を『古史三書』と呼び、上記《うえつふみ》、秀真伝《ほつまつたえ》、三笠紀《みかさふみ》の三書を『古伝三書』とした。

このうち、『古伝三書』、つまり、上記、秀真伝、三笠紀は、神代文字と呼ばれる古代和字で書かれている。

また、『古史三書』――九鬼文書、竹内文書、宮下文書は、すべて神代文字で書かれているわけではないが、記述に神代文字が含まれている。

神代文字には、豊国文字、秀真文字、上津文字、春日文字などさまざまな種類があり、対馬の阿比留氏が関係しているのは、日文《ひふみ》と呼ばれる文字だ。

日文は、阿比留文字とも呼ばれている。

神代文字は一般には、後世の偽作とされている。

室町時代から神道家の間に、神代文字を信じる動きが広まり、江戸時代には、国学者の間にその存在を主張する者が少なくなかった。

肯定論者の代表は平田篤胤《ひらたあつたね》で、彼は『神字日文伝《かんなひふみ》』で、日文を取り上げている。

しかし、日文は、朝鮮の諺文《オンモン》によく似ており、それが否定派の論拠のひとつとなった。

それに対して、平田篤胤は、諺文こそ日文から作られたものだとしたが、いくら何でも日文は、諺文を作り変えたものに過ぎないというのだ。

この説を受け容《い》れる者は少なかった。

日文が朝鮮の諺文から作られた偽作だという論拠に、この文字を伝えたとされるのが、対馬の阿比留氏だという点が上げられているのだ。

対馬と朝鮮半島の往来はそれだけ密だったということだ。

それを指摘したのは、最後の国学者といわれた山田孝雄《よしお》だ。

竜門は、それらのことを読み返して、思い出していた。確かに、かつて読んだことがある。

そのときに、阿比留氏が、漢字以前に使われていた神代文字を伝えていたという説に、やはり興味を持った。

事実であるかどうかはあまり問題ではなかった。

事実ではなくとも事実が隠されていることがある。

竜門にとって、なぜ、神代文字を伝えたのが対馬の阿比留氏だという説が生まれたのかという点が重要だった。

日本の文化は、すべて大陸からやってきた。そう言って語弊があれば、大陸から渡ってきた人々や物品などによって衝《つ》き動かされて花開いた。

神々すら、大陸から海を渡ってやってきたのだ。

天つ神というのは、大陸系の民族だ。それに対する国つ神というのは日本土着の民族のようにいわれているが、これも、天つ神系民族以前に、大陸から渡ってきた民族か、あるいは、そうした民族の混血だ。

大陸から米を持った一族が渡って来て弥生文化が生まれた。それ以前の縄文文化を担った民族は、現在は先住少数民族となっている。例えば、アイヌがそうではないかと言われている。和人というのはすべて渡来人の末裔《まつえい》なのだ。

漢字というのは比較的新しい文化に属する。対馬という土地は、漢字などが伝来するはるか昔から、日本と大陸の中継地となっていた。

阿比留氏が神代文字を伝えたのだという説が生まれた背景にはそうした歴史があるのだ。作物や宗教、文字やさまざまな技術が、とめどなく波状的に、大陸から日本に流れ込んだ。

ならば、武術の類も伝わっていたはずだ。武術は文化の大切な一側面なのだ。

琉球王国には中国武術が伝わり、空手の祖となったという説がある。

これは、それほど古い時代の話ではない。三王分立時代に、察度《さつと》王が明とさかんに朝貢貿易を行なった。

中国武術が沖縄に伝わったのはその時代だといわれている。つまり、一四世紀ころのことだ。

竜門が思い描いているのはもっとずっと古い時代のことだ。

古代の格闘技の試合というと、武術好きの人間なら誰でも、野見宿禰《のみのすくね》と当麻蹶速《たいまのけはや》の決闘を想起する。

竜門が思い描いているのは、それくらい古くから伝わる武術だ。

さらに、出雲の国譲り伝説。天つ神と国つ神の領土権争いの物語だ。

天照大神《あまてらすおおみかみ》、つまり天つ神は、大国主、つまり国つ神に領土権の折衝を行なう特使を派遣する。

その特使、建御雷之男《たけみかずちのを》が、大国主の息子である建御名方《たけみなかた》と戦うことになるのだがこのときにも、独特の格闘技が使われたような記述がされている。

竜門は、出雲という国が重要だと考えている。

国つ神のなかの国つ神、大国主の国だ。

国譲り伝説の舞台はいうまでもなく出雲だ。そして、大和の暴れ者、当麻蹶速に手を焼いた垂仁天皇が、野見宿禰に命じて戦わせ、当麻蹶速を討ち倒すのだが、この野見宿禰は出雲の住人だった。

わざわざ出雲から、勅命によって決闘をしに大和へやってきたわけだ。

出雲は地理的に特徴のある土地で、ここも大陸からの直接の影響が大きい。

天つ神系民族が日本にやってくる以前から大陸の移民や、文化が根づいていたに違いない。

建御雷之男と建御名方が互いに使った武術も、野見宿禰が当麻蹶速を倒すために使った技も、おそらくは、出雲の土地に根づいた同じ武術だったはずだ。

竜門には、その格闘技が何であるか見当がついていた。

ツングース系の武術といわれている捽角《そうかく》だ。

捽角は角抵《かくてい》などとも呼ばれ、後に角觝《かくてい》、角力、相搏、相撲などと呼ばれるようになった。

それで、竜門は、モンゴル、ツングース系の格闘技に関する本を選び出していたのだ。

日本で、スモウのことを角力あるいは相撲と表記するが、起源はやはりこの捽角なのだろう。

だが、日本のスモウは、捽角、角抵とはかなり異なった発達のしかたをした。

捽角の歴史は古い。おそらく、文献に残された最古の武術に属するだろう。

四千五百年ほど昔の中国。当時、中国は牛首人身――つまり、頭は牛で体が人間の神農炎帝が治めていたという伝説がある。

この神農炎帝が、蛮族の酋長《しゅうちょう》である蚩尤《しゆう》に攻められ、苦しんでいた。

神農炎帝が涿鹿《たくろく》（現在の河北省）に逃れて軒轅黄帝《けんえんこうてい》に助けを求めたところ、黄帝は兵を率いて出陣した。

黄帝は涿鹿で蚩尤を頭とする蛮族と戦った。その結果、黄帝は蚩尤を征服したのだった。

この蚩尤は銅頭鉄額に角が生えていたといわれる。

その角で敵の身体を貫いたのだった。この戦闘法のことを角抵といった。後に各地でこれをまねた遊戯が盛んに行なわれるようになり、名称も角觝、角力、相搏、相撲などと変わっていった。

この角抵、あるいは捽角が中国武術の起源といわれているのだ。

また、このツングース系の武術は、モンゴル相撲の祖でもある。

そして、朝鮮には、シルムと呼ばれる格闘技があるが、これがモンゴル相撲や日本の相撲に似ている。おそらくは、捽角が伝わったものだろう。

また、朝鮮半島にはテキョンやソバクという古武術がある。これは、拳法というよりやはり、相撲のようなものだ。

野見宿禰は、古代の相撲——つまり捽角を身につけていたのだろう。

ちなみに、天つ神系の異端児、素戔嗚《スサノオ》は別名「牛頭《ごず》大王」と呼ばれるが、これは神農炎帝が牛首人身であったという伝説や、蚩尤が牛のように角をつけて敵を突いたという伝説と無関係ではないはずだ。

つまり、先史時代の東アジア——中国北部、モンゴル、朝鮮半島、そして日本にやってきた移民の間では、捽角はオフィシャルな武術だったのかもしれない。

そして、大陸から出雲へ伝わったものならば、対馬に伝わっていてもおかしくはない。

地理的条件と歴史的事実がそれを物語っている。

日本の相撲は、かなり様子が変わったとはいえ、かなり捽角の要素を残しているはずだ。

竜門はそれを確かめるために対馬へ行こうとしているのだ。

相手は、ふたりの男を殺している。

警察ではそうは発表していないが、辰巳の話から、それは明らかだ。

戦えば、今度は竜門が死ぬかもしれない。それほど相手の技の威力は強力なのだ。

辰巳にうまく乗せられたことはわかっている。乗せられて命をかけるなどというのは愚かなことだ。

竜門に何の得もない。

だが、竜門は、対馬に行かずにはいられなかった。

もしかしたら、犯人は対馬には現れないかもしれない。

本来なら、それが一番いい。

竜門は、対馬に古代の相撲が伝わっているか、あるいは、その名残りはあるか——そういったことだけを調べ、帰ってくればいいのだ。

運がよければ、犯人の技に対する対処法が見つかるかもしれない。竜門の仮説の傍証を探しに行くというだけでも対馬に行く意味はあるのだ。

だが、そうもいくまいな、と竜門は思った。

犯人はきっと対馬に現れる――彼はそう感じていた。

竜門は、肌で戦いを予感しているのだった。

14

「うわ、きれい！」

窓側にすわっていた真理が声を上げた。

プロペラの旅客機を見て不安がるのではないかと、竜門は心配していたのだが、まったくの取り越し苦労だった。

ジェット機より高度が低く、眼下の景色がよく見えると大喜びだった。

遊園地にでも来たみたいな気分なのだ。

真理の声に誘われ、竜門もつい身を乗り出して窓の外を見た。

着陸態勢に入ったエアーニッポン一四五便が大きくバンクした。

そのとき、たいへんに入《い》り組んだ海岸線が見えた。

真理が声を上げるのももっともだと竜門は思った。

その複雑な海岸線は、これまで見たこともない景色だった。

櫛《くし》の歯のように出入りの激しい海岸。その対岸も同様で、双方の海岸線が、歯車の歯のように噛み合っている。

その間に、無数の小島が浮かんでいる。

すべての岬《みさき》が自然の防波堤となり、その幾重にも重なった自然の防波堤に守られた海は、天然のプールだ。

プールのような海の表面は鏡のようになめらかで、色は目の覚めるようなエメラルド色だった。

そこは、対馬を、北と南のふたつの島に分ける浅茅湾《あそうわん》だ。対馬空港は、浅茅湾をのぞむ高台にある。

浅茅湾には、大小さまざまな生け簀《す》や養殖場が点在していた。ブリや真珠を養殖しているのだ。

朝が早かったので、東京から福岡の間、真理はほとんど眠っていた。

竜門は、整体院以外での真理をあまり知らない。もちろん、いっしょに旅行するのは初めてだ。

食事をいっしょにする機会は多いので、食いっぷりのいい娘だということは知っていた。

だが、これほどよく眠るとは知らなかった。

よく食べ、よく眠る――これが彼女の明るさと、元気さの秘密なのかもしれないと竜門は思った。

対馬へ着くと、まずタクシーで交通ホテルへ向かう。

途中の景色を見て、竜門は、山田が感じたのと同じことを感じた。信州かどこかの山国を旅行しているような気がしたのだ。

さきほど、上空から見たのと同じ土地とは思えない。

山と海岸が、ほんの二、三キロの差で同居している――それが対馬の特徴だった。ある意味で、これは日本の特徴を、圧縮したものといえるのかもしれない。

厳原《いづはら》の町へやってくる。町のいたるところに石垣がある。

大小さまざまな石をぴたりと組み合わせて積み上げた見事な石垣だ。

特に町のはずれにある武家屋敷跡のあたりは石垣塀で有名だ。この石垣は、宗家十万石の城壁の名残りなのだ。

その石垣が町のなかのところどころに、点々と残っているのだ。

人々はそれを、今でも塀として利用していたりする。

ホテルのチェックインは午後からだということだった。竜門はフロントに荷物をあずけ、食事に出かけることにした。

フロントで厳原町内の地図をもらう。

国道三八二号線――大町通りと平行するような形で運河が流れている。その運河ぞいの通りが繁華街のようだった。

そして、大町通りと運河ぞいの通りを縦に結ぶように、何本もの小路が伸びている。

「どうせならおいしいものを食べましょう」

真理が言った。

もちろん、竜門に異存はない。

「そうだな……。どんなところがいいかな……」

「先生が選んでちゃ日が暮れちゃうわ。あたしに任せて」

言っただけのことはあり、真理はホテルから出ると、すぐさま立派な料理屋を見つけた。

『志まもと』という看板が出ており、大町通りから奥まった運河の脇に建っているビルだった。

入ってからわかったが、観光客相手ではまずナンバーワンの店だった。カウンターにすわり、刺身定食を注文した。

刺身はいずれも新鮮で申し分なかった。

『志まもと』は交通ホテルからそれほど離れてはいない。

食事の最中に、竜門は町内の地図を見て、これから何をすべきかを考えた。目的は観光ではない。

ホテルのすぐそばに歴史民俗資料館と郷土資料館がある。

宗家の菩提寺《ぼだいじ》として有名な万松院へ行く途中だ。

定食をきれいに平らげた真理を連れて、歴史民俗資料館と郷土資料館へ向かった。

歴史民俗資料館のほうは無料だ。しかし、残念ながら、竜門が求めるようなものは発見できなかった。

什器《じゅうき》や衣類、武器などを中心に展示してあった。

唐津焼にたいへんよく似た釜山焼の茶碗なども多数展示してある。

古武術のかけらも発見できない。東軍流という剣術が伝わっていたはずなのに、どこにも東軍流に関する記述が見つからない。

職員はひどく役人然とした初老の男と、中年男、それに若い女性の三人だった。

事務所の窓口で、東軍流について尋ねてみたが、「継ぐ者がいなく、絶えました」というにべもないこたえが返ってくるだけだった。

何か資料はないかと尋ねると、ない、という。

他に対馬独特の古武術のようなものはないかと竜門は尋ねた。

聞いたことがないという返事だった。

一般の人々は——それが民俗史にかかわる仕事をしている人でも、古武術のようなものには、まったく関心を持たぬものなのかもしれない。竜門はそう思った。

収穫のないまま、向かい側にある郷土資料館のほうへ行った。

こちらは有料だった。職員はただひとりだけだった。

展示場自体は、歴史民俗資料館よりもずっと狭い。しかし、展示されているものの内容は豊かだった。

年表や、宗家、阿比留一族の系図などたくさんの貴重な資料が壁に掲示されている。すべて手書きだ。

ここの職員がこつこつとこういった資料を作っているのだ。その職員は、役人然とした歴史民俗資料館の職員とは違い、学究タイプだった。

もちろん、竜門としては、こちらのほうがずっと好感を持てる。

展示物を見回った後、さきほどと同じ質問を、この学究タイプの職員にしてみた。

「東軍流ですか？　ええ……、今はもうやる人はいません」

「どんな武術だったのでしょう」

「荒々しい剣術だったと聞いています。残念ながら、この私も見たことはない。だから、それ以上のことは何とも……」

「他に何か武術は……？」

「特別なものはありませんね」

「あの……、相撲はさかんですか？」

「相撲……。いや……、特にさかんという訳ではありません」

「そうですか……」

竜門は当てが外れた思いがした。しかし、そう都合よく求めているものが見つかるとも思えない。

「ですが……」

職員は言った。

「え……」

「相撲です。確かにさかんとはいえませんが、それは若い人が島にいないせいでもありまして……。昔はよく祭などで相撲大会をやったものです。大きな神社にはたいてい土俵がありましてね……」

「なるほど」

古来、相撲は格闘技としてではなく、神事として行なわれることが多かった。

神社と相撲は深いつながりがある。

信仰と武術もまた古代においては無縁ではなかった。

竜門はそれに気づいて尋ねた。

「対馬に独特の信仰か何かはありますか？」

「そうですね。ふたつあります。ひとつは海神信仰。そして、もうひとつは、天道信仰です」

「テンドウ……？」

「そう。天道法師の信仰です。十一面観音の化身ともいわれていますが、空を自由に飛び、祈禱《きとう》によって病気を平癒したといわれています」

「役《えんの》行者《ぎょうじゃ》みたいですね……」

「そう。役小角《えんのおづぬ》とはよく似ていますね。役行者は、鬼神を操ったといわれますが、天道法師も同じです」

「鬼神をですか……」

「鬼神というのは、もともと日本にはない信仰で、明らかに中国や朝鮮半島の信仰の影響が見られますね」

竜門にはそのことがよく理解できた。

鬼神というのは、中国の道教でいう先祖の霊や死者の霊のことだ。代表的な例としては、映画で有名になったキョンシーだ。あれが鬼神だ。

一方で、日本の鬼という存在には別の側面もある。

朝鮮系の渡来人が日本の支配層となって以来、先住民族や異民族のことを鬼と呼んだのだ。

古来、日本においては、先住民族は、国つ神であり鬼であり天狗《てんぐ》であり、また猿でもあった。

出雲の先住民は位も高く国つ神となった。役行者は修験道《しゆげんどう》の祖とされている。天狗と修験道は切っても切れない関係にある。

また、古くから天狗は武術の達人とされてきた。そうした特殊技能を持った先住民、あるいは異民族と役行者は関わりがあったのだろう。

そして、対馬においては鬼だ。となりにある壱岐《いき》は鬼の島ともいわれる。

天道信仰は、壱岐、対馬に多種多様な民族が出入りしていたことを物語っているのかもしれない。

地理的に、出雲にツングース系の捽角《そうかく》を伝えた民族が、対馬にやってきていてもおかしくはない。

というより、来ていないと考えるほうが不自然かもしれない。朝鮮半島を出て、出雲にたどり着く船は、かなりの確率で対馬を通るはずだ。地図を見て、さらに海流を調べればそのことははっきりとわかる。

竜門は、あらかじめそのことを調べていたが、これらのことは決して矛盾しないはずだと考えた。

「海神信仰については、島だから、当然といえば当然ですね。海神のことを、ワタツミといいますが、豊玉町に和多都美《わたづみ》神社というのがあり、峰町には、海神と書いてワタツミと読む海神神社があります。この峰町の海神神社は対馬の一の宮です。祭神は、豊玉彦《とよたまひこ》と豊《とよ》玉媛《たまひめ》。どちらも海の神です。豊玉町という地名はそこから来ています」

竜門は海神神社、和多都美神社までそれぞれどれくらいかかるかと尋ねた。

車で片道一時間ほどだという。

礼を言って郷土資料館を出た。

「何を調べてるの、先生」

真理が尋ねる。

「ただの観光客には見えないか？」

「辰巳さんは、殺人事件の関係者を追って対馬にやってきた」

「殺人事件……」

「タック・エージェンシーという芸能プロダクションの経営者たちだ」

「あれ、病死と事故が相次いだんだって報道されてるじゃないですか」

「同一の犯人がやったのだそうだ」

「なるほどね……。ワイドショウなんか面白がって、昔自殺したタレントの呪《のろ》いだ、なんて特集してるわよ」

「テレビのワイドショウを作っている連中は、ジャーナリストじゃない。事実なんてどうでもいいんだ。主婦に受ければいいだけだ」

「だけど、どうして、その殺人のことを先生が調べてるの？」

「運悪く僕は辰巳さんの知り合いで、整体師だった」

「どういうこと？」

「ふたりの犠牲者は、片方は病死で、片方は事故死と思えるような死にかただった。しかし、それは殺人だった」

「犯人が何か特別なことをしたという意味？」

「そう。特別な技術だ。辰巳さんは、僕が整体師だから、そうした技術には通じていると思った」

「……で、本当に通じているの？」

「素人よりは多少ね……」

「何だか頼りないわね。……で、古武道だの相撲だのというのは、そのための質問だったわけね」

「そういうわけで僕といっしょに来ても、あまり観光にはならない。ひとりで回って来たらどうだ？」

真理は意味ありげな笑顔を見せた。

「殺人事件と名所巡りと、どっちが興味深いと思う？」


午前十時ころ部屋を出た高田は、フロントでタクシーを呼ぶように言った。

タクシーが来るまで二十分もかかった。

高田は文句も言わずに、ロビーにあるソファにすわり、テレビを眺めていた。

エレベーターを使うとすぐにロビー内にいる高田に見つかってしまうので、辰巳たちは階段を使って降り、高田の様子をうかがっていた。

やがて高田はタクシーで出発した。

辰巳、山田、阿比留の三人は紺色のステーション・ワゴンに飛び乗り、追跡を開始した。国道三八二はそれほど交通量が多くなかった。都内の渋滞に慣れている辰巳などは、人恋しさを感じるほどだった。

だが、まったくがらがらというわけではなく、今のところ尾行に支障はない。

高田を乗せたタクシーは、まっすぐ国道三八二を北上していく。

空港のそばを通り過ぎ、浅茅湾《あそう》に向かう。浅茅湾で対馬はふたつの島に分かれているが、それをつないでいるのが万関橋だ。

万関橋のあたりからは、複雑なリアス式海岸と点在する小島、そして、エメラルドグリーンの海が見えた。

海はやはり湖のように静かでなめらかだ。

どこまで行っても山道だ。浅茅湾は、山間《やまあい》に突然姿を現すので、ますます湖のような錯覚を覚える。

「ここから豊玉町です」

阿比留が言った。

厳原から離れるにつれ、車の数が減ってきた。

「少し距離を取りますよ」

阿比留が言う。「気づかれるとまずい」

「任せますよ」

辰巳は言った。

彼は、山の景色を眺めている。

単調なドライブが続く。高田は食事を取った様子もない。

張り込んでいた辰巳たちも同様だ。

やがて、高田の乗ったタクシーは、豊玉町を出て、峰町に入った。

「あそこを左へ行くと、対馬一の宮の海神《わたつみ》神社ですよ」

阿比留が、山間の脇道を顎《あご》で差し示して言った。

「高田の目的は神社参拝じゃないようだ」

辰巳が言う。

タクシーはその脇道に入らず、まっすぐ進んだ。

「あの人が信心深いとは思えませんからね」

山田が言う。

「人を見かけで判断しちゃいかん。刑事だろう」

ほどなくタクシーは左の脇道に入って行った。細い山道だ。片側が谷になっている。直線の部分がほとんどなく、カーブばかりだ。おかげで、他にはほとんど車はいないが、尾行することができる。

「この道はどこへ続いてるんです？」

辰巳が阿比留に尋ねる。

「鹿見という小さな港です。漁村ですよ」

「途中に何かありますか？」

「何か？」

「高田社長のような男が行きそうな何かです」

「さあ……。何もないと思いますよ。こうした細い山道がずっと続いているだけです。そして、いきなり海に出ちまいます」

「漁村か……」

山田が言った。「誰かに会いに行くんですかね……」

「そうかもしれんな……」

辰巳は考えた。「空白の四年間——そいつは対馬に関係ありそうだ。どうやら、その間に、高田社長は対馬にいた可能性が大きいな……」

「そうかもしれませんね……」

「空白の四年間というのは？」

阿比留が尋ねた。

辰巳はなるべく簡潔に説明した。

「なるほど……。もし、対馬にいたのだとしたら、いったい何をしていたのか……。そのあたりが、この事件の核心ということですかね」

「どうやらね……」


竜門と真理は、やはりタクシーをチャーターして、まず和多都美神社へやってきた。

和多都美神社は実に素朴なたたずまいだった。

行く途中に、赤い大鳥居がある。それをくぐると、海に浮かんだ古い鳥居が見えてくる。

和多都美神社を出ると、そのまま海神神社へ向かう。本殿は、二百七十段の石段を登った上にある。

登ってみるとかなりつらい。竜門でも息が切れるくらいだ。延々と石段が続く感じだ。

ふたつの神社には、郷土資料館の職員が言ったように、立派な土俵があった。神社に土俵があるのは、日本全国どこでもありふれた光景だ。

しかし、竜門はその土俵を見て、少なくとも、彼の仮説を支持こそすれ、裏切るものではないと感じた。

そして、竜門は、島のいたるところに小さな神社が点在するのに驚いた。対馬は本当に神社だらけなのだ。

神社の原型は、古代朝鮮の蘇塗《そと》だといわれている。蘇塗というのは、忌み地だ。そこは鬼神の祭場なのだ。

そういえば、対馬には卒土《そと》という場所があり、地元の人々に「おそろしところ」と呼ばれていると聞いたことがあった。

卒土では話をすることが許されず、人々は口に草をくわえて通り過ぎるのだという。これも忌み地だ。

この卒土《そと》と古代朝鮮の蘇塗《そと》とは同質のものだろうと竜門は思っていた。

(鬼神の住む島か……)

竜門は心のなかでつぶやいた。

15

「ここは?」

辰巳が阿比留に尋ねる。

高田の乗ったタクシーが停まり、高田が降りたのだった。

「女連《うなつら》です。女を連れると書きます」

そこは天然の見事な防波堤にぐるりと囲まれた湾内の船つき場だった。

小型の漁船がぎっしりと肩を並べている。いか釣り船が多いと阿比留が教えてくれた。

山道から出たとたん、港ぞいに細い道が続く。

人家が並び、ごくささやかな雑貨屋がある。

高田は、人家の間を進んだ。まったく警戒をしていない。どこか、憑《つ》かれたような雰囲気がある。

脇目も振らず、まっすぐに歩いていく。

「やっぱり、高田はここに住んでいたことがある」

辰巳は高田の様子を見て断言した。「土地勘のない者の歩きかたじゃない」

辰巳、山田、阿比留の三人は慎重だった。タクシーの運転手が車の外に出て体を伸ばしていた。

その運転手にも尾行を悟られないように、いち早く人家の陰へ回った。

遠くから高田の様子を見る。

高田はある場所で立ち尽くしていた。小さな民家のまえだ。

古い家だった。外壁がひどく傷んでいる。間に合わせに板を打ちつけて補修したあとがいたるところに見られた。

その補修の努力もむなしく、家全体が朽ちていきつつあるような印象がある。

周囲には、新しい建材による家が目立つ。古くからその土地に住む人々も、新しい家に建て替えているのだろう。

高田が見つめている家は、時代から取り残されたような感じがあった。ただ古いだけではなく、どこかみじめさを感じさせる。

高田はそこに長いこと立ち尽くしている。

「何をやってるんだ」

辰巳は思わずつぶやいていた。

高田の態度は不自然だった。

身動きもせず、その家の玄関口を見つめている。

それから急に左右を見た。おろおろするような調子で歩き出した。船つき場のほうへ向かっている。

表通りには、網や小さな魚などが干してある。

辰巳たちは動かずに高田の様子を見守っていた。

網を繕《つくろ》っている老人がいた。高田はその老人の脇を通り過ぎる。老人は、人が通ったことなど気にもかけず、網をいじっている。

ふと高田が立ち止まった。

振り返って老人を見る。躊躇《ちゅうちょ》していたが、やがて老人に近づき、声をかけた。

老人が不審げに顔を上げる。ふたりは何ごとか話し始めた。

突然、高田は衝撃を受けたように再び立ち尽くした。老人は、しばらく高田を見ていたが、やがて興味を失ったように網の修繕を再開した。

高田は、それでもその場に立ち尽くしていた。

やがて彼は、気づいたように周囲を見回し、早足にタクシーのほうに歩いていった。

運転手に命じる声が聞こえた。

「ホテルに戻ってくれ」

ドアの閉まる音が聞こえた。エンジンがかかり、タクシーは走り去る。

「山田、あの家の様子を見て来い」

辰巳はそう命ずると、網の繕いをしている老人のもとへ走った。阿比留も辰巳とともに走った。

老人が、眠たげな顔を上げた。赤銅《しやくどう》色に日焼けした漁師の顔が辰巳を見上げる。

「すいません。ちょっとうかがいます。警察の者ですが……」

辰巳は警察手帳を出した。

老人は手帳を一瞥《いちべつ》すると、すぐに手もとに視線を移した。明らかな反感が見て取れた。

辰巳はその態度を不思議に思った。警察官を嫌っている者は多い。だが、あからさまな反感を態度に表わす人間はそう多くはない。

辰巳は尋ねた。

「今の男は、あなたに何を言ったのです?」

老人は、網を繕いながら言った。

「今ごろ来おって……」

「今ごろ……? どういうことです?」

「警察が今になって来ても……」

辰巳は思わず阿比留の顔を見た。阿比留は助け舟を出すような調子で言った。

「もっと早く警察が来れば、どうだったというんだい？」

「さあな……。だが、三十年も経った今になって……」

この老人の一言に、辰巳は衝撃を受けたと言ってよい。老人は明らかに怒っている。やりどころのない怒りを辰巳たちにぶつけているといった感じもある。

辰巳は辛抱強く尋ねた。

「三十年まえ、何があったんです？」

「おまえたちも、善造のことで来たのだろう？」

辰巳は思わず訊《き》き返しそうになったが、抑えて相手の次の言葉を待った。

老人は今、しゃべりたがっている。怒りをぶつける相手を求めているのだ。

やがて、こらえ切れなくなったように話し始めた。

「村瀬の善造だ。三人の悪党にいいように利用され屍《しかばね》のような生きかたしかできなくなった善造だよ。やつらにだまされ、死にかけた。恋女房は叩き売られた。なのに、おまえら警察は今になって……」

「その三人というのは、高田和彦、浅井淳、鹿島一郎……？」

「名前など知らん。よそ者だった」

山田がやってきた。

辰巳は、無言で山田の顔を見て説明を求めた。

山田は言った。

「留守でした。家には誰もいません。村瀬という表札がかかっていました」

「村瀬善造……」

辰巳はつぶやいた。山田が訊き返す。

「誰です、それ？」

「おそらくは、容疑者の名前だ」

それまでかたくなに自分の手もとを見つめていた老漁師が、顔を上げて辰巳の顔を見た。驚きの表情だった。眼がおろおろと動き、口が半開きになっている。

「容疑者……？」

辰巳は、無表情のままこたえた。

「そう。殺人の容疑者です」

老人は、怒りと悲しみ、そして、その他、さまざまな激情が入り混じった表情で辰巳を見つめていた。

辰巳は平然と老人を見返している。一般市民のむき出しの感情になど、いちいち付き合っていられない、といった態度だ。

これも刑事のテクニックのひとつだ。相手はどんどん不安になってくるのだ。

「殺人……？　善造が人殺しだっちゅうのか？」

刑事は、一般人の質問にはこたえないものだ。質問するのはどちらかをはっきりわからせるためだ。

しかし、辰巳は老人の問いにこたえることにした。それによって、より多くのことを聞き出せると踏んだからだ。

「ある会社の三人の経営者のうち、ふたりを殺害した容疑です。お話からすると、あなたがいうよそ者の三人が、その三人の経営者のようですね」

老人は、怒りの表情を消し去った。今はその顔に悲しみしか見て取れない。ひどく疲れたような様子だった。

老人は背を丸め視線を落とした。

辰巳は、その姿を見て、ひどく哀れな感じがした。

老人は言った。

「善造が復讐《ふくしゅう》したくなるのも無理はない……」

「何の復讐なのか、私ら、知らんのですよ」

辰巳が言う。「今のままだと、私ら、村瀬善造を凶悪な殺人犯として逮捕せにゃならん」

「悪いのは、あの三人なんだ……」

「何があったのか教えてください。そうすれば力になれるかもしれない」

老人はしばらく考えていた。やがて言った。

「いや……。わしらは、忘れることにしたんだ……。善造を助けようとしなかった。知っていながら見ぬふりをしていたわしら村人も、三人の悪党に手を貸したようなものだからな……」

「忘れるのもけっこう。それですべてが終わったのならね……。だが、村瀬善造が復讐を始めたのだとしたら、放ってはおけないんですよ」

「善造は二度とつかまらんだろう」

「二度と……？」

「あいつは、二十年間も、韓国の刑務所にいたんだよ」

「韓国の……」

「一時は死刑囚だったということだ。韓国の政権が代わり、善造は裁判をやり直すことができたっちゅうことだ」

「二度とつかまらないというのは……」

辰巳は言った。「つかまるくらいなら死ぬという意味ですか?」

「おそらくはな……」

「私は彼を死なせたくないし、これ以上人殺しもさせたくない」

「警察なんぞ、口先だけだ」

「いいや。あんたが話してくれれば、何とかできる」

辰巳はきっぱりと言った。

正直なところ、どうなるかはわからない。しかし、この場では断言することが重要だったのだ。

老人はまた考え込んだ。今度の沈黙は長かった。

辰巳は、タクシーに乗って走り去った高田のことが気になったが、ここは、老人が話し出すのを待つしかないと思った。

高田はホテルに戻れと運転手に命じた。気が変わらないことを祈るしかないと辰巳は思った。

老人が話したがっているのはわかっていた。呪縛《じゅばく》から解放されたいという気持ちが、心の奥底にあるのだ。

「いいだろう」

やがて老人は言った。「話そう」

老人はどこから話そうか考えているようだった。

辰巳が尋ねた。

「村瀬善造は三人に利用されたと言っていましたね。何に利用されていたのですか?」

「シャブだよ」

刑事たちは、無言で老人の顔を見つめた。山田が手帳を出してメモを取り始める。

「昔、シャブの密輸っていやあ、韓国からと相場が決まっていた。漁師の船が利用されることもずいぶんあった。わしの小さいころにゃ、いかの間にシャブを隠して運んどったやつもいる。やってきた三人のよそ者ってのは福岡のヤクザ者だ。まだチンピラだったが……。やつら、韓国のつてを見つけて、密輸に手を出した。その中継地に対馬を選んだんだ」

「この村へやってきたのか?」

「いろいろな村へ行ったらしいがね……。おいそれとチンピラに手を貸す漁師などいやしない。だが、やつらもヤクザ者のはしくれだ。人の弱味を見つけるのがうまい。善造は、弱味を握られちまったんだ」

「その弱味につけこまれたというわけですね。村瀬善造はヤクザ者たちに協力せざるを得なかった……。どんな弱味だったんです？」

「善造の恋女房が、韓国からの密入国者だった」

「なるほどね……」

うなずいたのは阿比留だった。彼は、辰巳に説明した。「公式には韓国と対馬の往き来はなくなったとされていますが、実際には、こうした例があるのです。これほどの近さだ。そして、飛行機で来るより、漁船で密航したほうがずっと安い」

辰巳はうなずき、老人を見た。老人はまた話し始める。

「善造は、女房を失うのがおそろしかったんだ。やつはまだ若かった。二十歳になるかならないかだった。女房はひとつ下だったな……。密入国者は見つかれば強制送還される。善造にとっちゃそれが死ぬほど辛《つら》かったんだ。それで善造は船を出すことに同意した。当時、親父から継いだばかりの船だ。それで、やつは海峡を何度も往復したんだ。三人を乗せてな……。だが、それだけじゃ済まなかった……」

老人の顔が辛そうにゆがんだ。

思い出すにつれ、苦しさがよみがえってきたのだ。

村瀬善造に対する同情、そして、彼に何もしてやらなかったことへの自己嫌悪。

「最後の取り引きだったのだろう。いつものように善造は三人を乗せて釜山へ渡った。三人のヤクザ者は、密輸のことを知っている善造を生かしておいてはまずいと考えた。そこで、やつらは、韓国側の人間に善造を消すようにたのんで、別の船で博多まで着いた。

善造は命からがら逃げ回った。大けがをしながらだ。だが、しまいには韓国の警察に、麻薬取引でつかまっちまった。ヤクザ者たちはそこまで計算していたんだ。生きていても、善造は逮捕される。そして、三人の罪をひっかぶるはめになるんだ、と……」

「ひでえ話だ……」

辰巳はそう言ったが、心底からそう思っているような口調ではなかった。

職業柄、悲惨な話には慣れているのだ。

「それだけじゃあなかった。三人は、後始末に、もう一度対馬へやってきた。そして、善造の女房を手ごめにしたんだ。三人でたっぷりおもちゃにしたあと、シャブ漬けにして、博多の女郎屋に売っちまったんだ」

女郎屋と言ったが、もちろん、売春防止法施行後のことなので非合法の売春宿のことだろう。

「善造は十年まえに帰ってきて、女房の行方を探した。しかし、結局わからなかった。死んじまっていたのかもしれん」

「そして、女房の次に、自分たちをそんな目にあわせた三人の男のことを探し始めたわけだな」

「そういうことらしいな……」

辰巳は、老人の話を検討してみた。矛盾はない。そして、一連の出来事の説明がこれでつく。

辰巳は、ふと思いついて尋ねた。

「村瀬善造は、武道とか格闘技とか、そういったものはやってなかったかい？」

老人は不意を衝かれたような戸惑いを見せた。

この質問には、山田と阿比留も驚かされた。

老人はかぶりを振ったが、ふと思い出したように言った。

「善造は相撲《すもう》がやけに強かった。いや、善造だけじゃない。村瀬の家の男どもは代々このあたりじゃ相撲で負け知らずだった……」

辰巳は少々落胆したようにつぶやいた。

「相撲じゃな……」

山田は、自分のやるべきことを思い出した。容疑者のモンタージュ写真を取り出した。

「この写真を見てください」

老人の目の前に差し出す。老人はそれを一瞥してうなずいた。

「善造だよ」

辰巳は、対馬までやってきた甲斐《かい》があったと思った。

彼は老人に言った。

「ご協力、感謝します」

事務的な口調だった。

老人は、黙って網を持った自分の手を見つめている。

その手は動いていなかった。

人生の苦しみに疲れ果てた姿に見えた。

辰巳は、去りかけてふと立ち止まり、その老人の姿を見た。

辰巳は何かを躊躇しているように見えた。やがて、彼は言った。

「じいさん。よく話してくれた。この問題はもうあんたたちの問題ではなくなった。もう、本当に忘れていいんだ」

その口調は、さきほどとはうって変わって優しい響きがあった。

辰巳は、老人がどんな表情をするかを見ずに、さっと背を向け、歩き出した。

16

車に戻ると、辰巳たちはすぐに帰路についた。阿比留は無線で厳原署に連絡を取った。タクシー会社に電話をして、高田を乗せたタクシーの現在位置と目的地を尋ねるように指示したのだ。

「村瀬を逮捕しなくちゃならんのでしょうね……」

山田が言った。

「当たりまえだ」

辰巳がこたえる。

ふたりとも、互いの顔を見ていない。

「三十年まえの出来事なら、時効が成立しています。高田はおとがめなしですか……」

「そういうことになるかな……」

時効には、刑法三一条、三二条に定められた「刑の時効」と、刑事訴訟法二五〇条による「公訴の時効」がある。

山田が言っているのは、後者の「公訴の時効」で、死刑にあたる罪でも十五年で成立する。

割り切れぬものを感じているのは山田だけではない。辰巳も阿比留も同じだ。

しかし、彼らは法に従わねばならない。そして、刑事の仕事は人を裁くことではない。人を裁く材料をかき集めることなのだ。

無線の呼び出しがあった。阿比留がマイクを取って応答する。

高田を乗せたタクシーは国道三八二号を厳原に向かっており、交通ホテルを目指しているという。

高田は目的を果たした。

彼は、村瀬が生きていることを知った。浅井と鹿島を殺し、自分を狙っているのが村瀬であることを知ったのだ。

あの老人が、高田に気づかなかったのは幸いだったと辰巳は思った。

三十年前のチンピラと高田が同一人物だとは思わなかったのだ。

(これ以上犯罪者が増えちゃたまらない)

彼は思っていた。

高田を乗せたタクシーがホテルに着いたのは午後二時過ぎだった。

高田は料金を払いタクシーを帰した。しかし、彼はそのままホテルには入らなかった。町へ出て金物屋を探した。

運河ぞいの商店街まで来て、目的の店を見つけた。彼はそこで、文化包丁を購入した。紙袋に入った包丁を抱えるようにしてホテルに戻り、そのまま部屋に閉じこもった。

辰巳はホテルに戻ると、高田が部屋にいることを確認した。

向かいの部屋に陣取り、監視を再開することにする。交替で食事を取ることになった。三人とも、朝から何も食べていない。

まず辰巳が食事に出ることになった。

阿比留と山田が部屋へ行く。

辰巳は竜門が到着していることを確かめ、フロントから、竜門の部屋に電話をした。竜門は部屋に戻っていた。

「食事、付き合ってくれないか、先生」

「こんな時間にですか?」

「俺がメシを食う間、話相手をしてくれればいいんだ」

五分後に竜門が降りて来た。

ふたりは連れ立って町へ出た。昼食どきではないので気のきいた店は開いていない。

ラーメン屋を見つけて入った。店内はすいていたが、辰巳はカウンターではなく、一番奥の席を選んだ。

中華丼とギョーザを注文して、辰巳は言った。

「容疑者の名前がわかった。村瀬善造。今、所轄にたのんで、その人物のことを詳しく調べてもらっている。高田たち三人は、この対馬にいたことがある。三十年ほどまえのことだ。おそらくは一九五九年から一九六三年の四年間だ」

「二年間」

「あ……？」

「高田たち三人は、一九六一年に東京に出て来たのです」

「油断のならねえ人だな。独自に調べたというわけだ」

辰巳は、村瀬と高田たち三人の関係を竜門に説明した。

竜門は、あいかわらず何を考えているのかわからない表情で聞いている。話を聞き終わると、竜門は言った。

「僕には関係のない話です」

「そう言うと思ったぜ」

「僕が興味を持っていることはただひとつ。その村瀬という男がどういう技を使ったかです」

「その点についちゃあ、何もわからなかった……」

「まあ、そんなものです」

料理が来て話が中断した。割り箸《ばし》を割って中華丼をつつきながら、辰巳が言った。

「相撲は滅法《めっぽう》強かったらしいんだがな……」

竜門は何も言わない。

辰巳は、中華丼を頬張《ほおば》って、ふと竜門を見た。竜門の表情を見て言った。

「何だい、先生。妙な顔をして。俺、何か言ったかい？」

「言いました。求めていたこたえをね」

「何のことだい？」

「相撲ですよ」

「相撲……？」

「それは、ただの相撲だったのですか？」

「知らんな、そんなことは……。ただ、村瀬の家の男たちは代々相撲が強かったと……」

竜門はうなずいた。

「摔角《そうかく》というツングース系の古い格闘技があります。これは、中国武術の原型のひとつであり、相撲の祖といわれています」

「村瀬は、その技を使ったのだ、と……」

「捽角という名は知らなかったかもしれません。しかし、おそらく、古い形の相撲が、代々村瀬の家に伝えられていたのでしょう。それで、ふたりの男に、脳内出血を起こさせた技の説明がつきます」

辰巳は、箸を持つ手を止めて、じっと竜門の顔を見つめた。


辰巳は、竜門を張り込み用の部屋へ連れて行った。

阿比留と山田は怪訝《けげん》そうな顔をした。辰巳は言った。

「この人の協力が必要なんだ」

辰巳は、捽角、あるいは古い形の相撲については、阿比留と山田に話さなかった。

阿比留が食事に出かけた。

辰巳が戸口を細く開けて、向かいの部屋の様子を見ている。

のろのろと時間が過ぎた。

三十分ほどで阿比留が帰って来て、入れ替わりで山田が出て行く。

監視を阿比留が替わった。

　これが刑事の仕事なのか、と竜門は思った。何かが起こるのをひたすら待つのだ。精神的な拷問にも等しい。

　やはり三十分ほどで山田が戻ってくる。

　阿比留が部屋の奥へやってきて、低い声で辰巳に言った。

「どうしてすぐに東京へ帰らないのだろう」

　辰巳はひどく疲れた顔でこたえた。

「俺もそれを考えてたんだが……。高田はここで、村瀬が現れるのを待っているんじゃないかな……」

「村瀬を待っている？　そいつは危険だな……」

「そう。危ない話だ……。高田は、この対馬で決着をつけようとしているのかもしれん。対馬の過去は対馬に葬るつもりなんだ。過去を東京で暴かれるわけにはいかないんだ」

「なめやがって……」

　阿比留が言った。

（なめている？　警察をか、それとも対馬の人間をか？）

　辰巳は疑問に思ったが口には出さなかった。

　何も起こらず時間が過ぎていく。すっかり日が暮れてしまった。

電話が鳴り、静寂に慣れ切っていた刑事たちは、一様にはっと驚いた。

辰巳が電話を取る。

「フロントです。ただいま、高田さまのところへ外線電話が入りまして……。いちおう、お知らせしておこうと思ってお電話しました」

「すんません。おおいに助かります」

辰巳は電話を切って、一同にそのことを知らせた。

「村瀬でしょうか……」

山田が言う。

「どうかな……」

辰巳が慎重に言った。「東京からかもしれん。例えば会社からとか……。高田は代表取締役だからな……。あるいは家族からかもしれん」

「そう。その可能性はおおいにある」

阿比留が辰巳に尋ねる。「だが、あんたはどう思ってるんだ?」

「村瀬だと思う」

「やっぱり、高田を尾《つ》けて飛行機でやってきたのでしょうか?」

山田が言う。

「そうかもしれん。だが、尾けて来たとは限らん。羽田まで来れば、高田がどこへ行こうとしているかはわかったはずだ。別の便でやって来た可能性もある」

「このホテルにいると、どうしてわかったのでしょう」

その問いには阿比留がこたえた。

「高田のような男が泊まるホテルは、対馬にはそう多くありません。あるいは、村瀬はゆうべのうちに女連《うなつら》に着いていたのかもしれない……。そして、今日、高田を見つけ尾行したことも考えられます。村瀬は土地の人間です。土地勘もあれば、移動の手段も持っているはずです」

「そうだな……」

辰巳が言う。「いずれにしろ、村瀬が対馬に来ていないと考える理由はない。ということは、来ていることを前提として考えたほうがいいというわけだ」

そして、彼は竜門を見た。「そういうわけだ、先生」

竜門は、まったく表情を変えなかった。刑事たちの話に関心がないようにすら見える。

彼は辰巳に言った。

「ちょっと、部屋へ行ってきていいですか？」

「どうしたんだ？」

「いえ……。すぐに戻って来ますから……」

「もちろん、かまわないよ。あんた、俺に逮捕されたわけじゃないんだ」

自分の部屋に戻った竜門は、旅行バッグのなかから、整髪用ジェルを取り出した。洗面所へ行き、ジェルを手に取る。

髪に塗り、サイドを後方に流す。前髪を立て、全体の形を整えると、たちまち別人のようになった。

眼は意志的に光り始める。

猛禽《もうきん》類のように鋭い印象。

自分でも滑稽《こっけい》な感じがしないでもないが、この儀式はどうしても必要なのだ。

心理的な封印を解くのだ。

この儀式なしでは、彼は生きるか死ぬかの戦いに挑むことはできない。

変身儀式を行なったということは、彼が戦う覚悟をしたことを意味しているのだった。

竜門は部屋を出て、辰巳たちのいる部屋へ向かった。

途中、廊下で男とすれ違った。都会的な男だ、と竜門は感じた。

つまり、そうした出立《いでた》ちを意識している男ということだ。東京に住んでいても、都会的な男というのは少ない。

その男はエレベーターに乗った。

そのとたん、部屋から辰巳たちが飛び出してきた。

辰巳が竜門に言った。

「外出の用意をしてきたのか？　手回しがいいな、先生。今のが高田だ」

刑事たちは、大急ぎで階段を下っていく。

余計なことを言ったり考えたりしている暇はなかった。竜門は刑事たちのあとに続いた。


高田はホテルを出ると、繁華街と反対の方向に歩き出した。

暗い道だ。山道と言ってもいい。

「この先に、何がある？」

辰巳はそっと阿比留に尋ねた。

「万松院」

「何だい、そりゃあ？」

「宗家の菩提寺だ。宗家代々の墓がある」

「ひとつ、気になったことがあるんですが、言っていいですか？」

竜門が辰巳に言った。

「何だい、先生」

「高田とすれ違ったとき、いやなものを感じたんです」

「いやなもの……？」

「殺気ですよ」

「ほう……。……となると、高田はやはり村瀬に呼び出されたようだな……」

ずいぶんと歩いた。

さきほど竜門が真理とともに訪れた郷土資料館の脇を過ぎて、さらにしばらく歩く。登り坂だ。

やがて、立派な山門が闇のなかに浮かび上がった。この山門は、対馬最古の建造物といわれている。桃山様式のたいへん珍しい山門だ。

山門を入ると百三十段の石段がある。

高田は黙々とその石段を登っていく。普段、体を動かしていない者にはつらい石段だ。

百三十段といえば、八階か九階まで階段で上るくらいの勘定になる。

高田は、そのスマートな体型を保つために、アスレチック・クラブか何かで鍛えているに違いないと竜門は思った。

確かに高田の体は意識して作り上げている体格をしていた。竜門の眼から見れば、それがわかる。

刑事たちもタフだった。

石段を登り切ると、平らな広場があり、さらに、左手に石段が続いている。

そこが宗家の墓所だ。何段かに分かれた墓所に、宗家代々の墓がぎっしりと並んでいる。

その墓所と墓所をつなぐ石段の脇に、おそろしく太く大きな杉がそびえている。樹齢千年を超える杉の巨木もある。

刑事たちは、石段を登り切らず、杉の陰に隠れて様子を見ていた。

高田は、周囲をしきりに見回している。昼でも薄暗い墓所だ。夜は、何も見えないくらいに真暗になる。

都会の人間は、本当の夜の暗さを知らない。

高田を見ている刑事たちにも、ほとんど様子がわからない。竜門も同様だ。

だが、すでに闇に眼が慣れていたし、竜門は暗視の方法を知っていた。暗闇で何かを見ようと思ったら、その対象物を凝視するのはやめて、わずかにずれた場所を見るのだ。

すると対象物が比較的明るく視野に入ってくる。焦点がある視覚細胞と、明暗を感じる細胞は別だからだ。

さらに、竜門は気配に敏感だった。

彼は誰よりも早く、ひとりの男が姿を現したのに気づいた。

上の墓所へ行く石段脇の、杉の巨木の陰からその人影は現れた。

「高田……」

声がした。

高田は、そちらを向いた。刑事たちもその声のほうを向いた。

だが、暗くて、遠くからは人影なのか何なのかよくわからない。

「村瀬か……」

高田の声がする。

「そうだよ。村瀬善造だ。十年間、あんたたちを探し回った。週刊誌であんたたち三人の名前を見つけたときは鬼神に感謝した。あんたの会社が三十周年になるという記事だ。あんたたちは、俺と女房を地獄につき落として手に入れた金で、会社を作ったんだな……」

村瀬の声は近づいてきていた。

「生きていたのか……」

「生きていた。だが、死んでいたほうがましだと思うような人生だった。それも、今日、ここで終わる」

「待て……。待ってくれ。あのころ、俺たちは生きることに夢中だった。一発当てることしか考えてなかったんだ。今は違う。話し合おう。君の人生をやり直す手伝いをしようじゃないか。私に、罪滅ぼしをするチャンスをくれ」

「いや」

村瀬は言った。「あんたにそのチャンスはない」

「いかん！」

竜門はそうつぶやくと杉の陰から飛び出していた。

刑事たちが止める間もなかった。

竜門は暗闇のなかを駆けた。足もとが見えないと、人間はひどく心もとなくなる。

闇のなかを駆けるというのは、目をつむって走っているような不安感がある。

竜門は闇のなかを走るこつを身につけている。足を地面すれすれに運んで、小刻みに動かすのだ。

忍者や武士の走りかただ。

ストライドが小さいとそれだけリスクが少ないし、地面すれすれに足を運ぶことで、穴や障害物も、察知しやすくなる。

村瀬は、はっと竜門のほうを向いた。二十メートルほどの距離がある。

村瀬と高田の距離は、わずか五メートル。

村瀬は、ぐっと腰を低く落とすと、高田に向かって突っ込んでいった。

竜門には、村瀬と高田の間に割って入る時間はなかった。

竜門は地を強く蹴った。捨て身で高田を救うしかないと思った。

彼は、走ってきた勢いを利用して飛び、両手で突き飛ばした。

竜門が突き飛ばしたのは、村瀬ではなく高田だった。

村瀬の突進は、中途半端に突き飛ばすくらいでは止められそうになかった。それくらいに強烈だった。

そして、捨て身で村瀬にぶつかった場合、竜門のほうがあぶないのだ。

村瀬は相撲——あるいは捔角《そうかく》の技にすぐれている。つかまえて投げるのは得意なのだ。

突き飛ばされた高田は、地面にひっくりかえり、あわてて四つん這《ば》いになった。

竜門はバランスを大きく崩したが、転ばなかった。

毎日やっている、足音を立てない『ナイファンチ初段』のおかげだ。
三、四歩勢いあまって行き過ぎてから、村瀬は止まり、さっと振り返った。
「何だ、おまえは……」

竜門のほうを見て言う。

「あなたの相撲の技に興味があります」

村瀬は黙って竜門を見ている。

竜門はこのとき気づいたが、あたりは真の暗闇ではなかった。欠けてはいるが月が出ているのだ。

例えば、山のなかで暮らしている人々など、闇に慣れている者にとっては、むしろ明るい夜といえるかもしれない。

村瀬はひどく歪《ゆが》んだ表情をしている。

年齢はおそらく高田と同じくらいのはずだが、高田より二十歳以上老けて見えた。

高田は平均より若く見えるし、村瀬は苦労のせいか老けて見えるのだ。

村瀬は野獣のように歯をむいた。

「警察か……？」

「そうじゃない」

「誰であろうが、邪魔をすれば、いっしょに殺す」

何を言っても、今の村瀬に対しては無駄のようだった。

竜門は、立ち腰のまま、す、と左足を引いた。

右前の半身となる。

両手は開いたまま、だらりと垂れている。戦うしかないと思ったのだ。

村瀬もそれを感じ取ったようだ。

村瀬は姿勢を低くした。

17

三人の刑事はこのやり取りを聞いていた。

目のまえで戦いが始まろうとしている。

村瀬がいかに強かろうと、竜門を入れて四人いる。しかも、三人の刑事は素人ではない。術科で柔道、剣道をみっちり仕込まれ、逮捕術を身につけているのだ。村瀬を取りおさえるのは容易なはずだった。

警察官の義務としても、すみやかに検挙すべきだった。

「辰巳さん、行きましょう！」

山田が身を乗り出した。

「待て！」

辰巳がその肩を抑えた。

「どうしてです」

「殺人の秘密がまだ解けていない」

「え……」

「村瀬の動機はわかった。しかし、村瀬がどうやってふたりを殺したのかはまだわかっていない」

「あの人が……」

阿比留が言った。竜門のことだった。「その秘密を解いてくれるというのか……」

「警察官としてヤバイことやってんのはわかっている。だが、ここは詰めなんだ」

山田は何も言わなかった。

阿比留も反論しない。

「責任は俺が取る」

この辰巳の一言が決定打となった。刑事たちは、成りゆきを見守ることにした。

高田は、目の前の出来事に、完全に眩惑《げんわく》されていた。

彼は竜門が何者なのか知らない。なぜ、その場に現れ、なぜ自分を助けようとしているのかわからない。

彼はそこから逃げ出すこともできなかった。逃げ出せば、また同じことが起こる。村瀬におびえて生きていかねばならない。

高田は、村瀬がどうなるかを見極めなくてはいられないのだ。

彼は、地面に尻をついたまま、半ば茫然《ぼうぜん》と目のまえのふたりを見つめていた。


対峙《たいじ》したとたん、暗さが気にならなくなった。

竜門は月明かりだけで充分に相手を捉《とら》えることができた。

実際には、視覚だけで相手を捉えているのではない。戦うために相手と向かい合ったとたん、五感を総動員し始めたのだ。

相手の全体の様子、息づかい、気配――そういったものを感じるのだ。

有名な武術家は、豪胆というより、むしろ神経質だったといわれる。

神経を研ぎ澄ます術に長《た》けた者が、戦いにおいては生き残る確率が高いのかもしれない。

そして、神経を研ぎ澄ますことに長けている者とは、もともと神経質である場合が多い。

村瀬は、両足を開き、腰を低くしている。やや前傾姿勢だ。

この構えは、世界中の格闘技においてポピュラーなものだ。

例えば、組み合うまえのレスリングの構えでもあるし、サンボの基本的な構えにも似ている。

また、米陸軍で教える格闘術の構えもこれに似ているし、モンゴル相撲の最初の構えも似ている。

人間が誰かと戦うために向かい合ったときの、最も基本的な構えなのだ。

体面は、竜門と正対している。まっすぐに向かい合っているのだ。

竜門はひっそりと立っている。

間合いが計れない。

相撲のおそろしさはその点にもある。体ごとぶつかってくる破壊力に対して、通常の武術の間合いが通用しないのだ。

そして、竜門は、村瀬の技を実際に見たことがない。

最上の見切りというのは、相手が技を出す瞬間に、こちらの技を決めることをいう。相手の技が効力を発揮するまえに勝負を決めるのだ。

だから、理屈から言えば、相手がどんな技でこようが同じだということになるが、実際はそうはいかない。

そして、今の竜門の立場は独特だった。

ただ勝てばいいわけではなかった。

ふたりの男を殺すために、村瀬がどんな技を使ったのかを見極めなければならないのだ。竜門が対馬にやってきた最大の理由はそれなのだ。辰巳が竜門を巻き込んだ目的もそこにある。

まずは様子を見なければならない。竜門はそう思った。

竜門は相手に誘いをかけることにした。村瀬も竜門の気配を感じ取っているはずだから、ふっと『気』を引いてやるだけでいい。

気配といったり、気といったり、大仰《おおぎよう》ないいかただが、要するに向かい合ったときの雰囲気だ。

戦うために向かい合ったときは、まず気で相手を押さなければならない。これを気当たりというが、何も武術や格闘技に限ったことではない。

野球のピッチャーとバッターの間でも互いにこれは感じ合うものだ。

竜門は、その気当たりを引いたのだ。

そのとたんに突っ込んで来るなら、村瀬はおそろしくはないと竜門は考えていた。

誘いに乗るような相手ならこわくはない。

だが、村瀬は慎重だった。

一拍のタイミングを置いた。

竜門は、誘った状態のまま待つはめになった。これが、結果的には消極的な姿勢となった。

時間的にはごく短かった。竜門が退がりの姿勢になったのは、ほんの一瞬でしかなかった。

気持ちを立て直そうとした。仕切り直しだ。

その瞬間に、村瀬は飛び込んできた。

低い姿勢のまま突進してくる。

角のついたかぶりものをして、その角で相手を突き殺すという角抵《かくてい》あるいは捽角を連想させる突っ込みだ。

同時に、それは相撲の立ち合いを思わせた。

虚を衝かれたために、見切りが遅れた。

竜門独特の流れるような足さばきも封じられる。

咄嗟《とっさ》に横に飛ぶしかなかった。

フルコンタクト空手などではこのサイドステップがよく使われるが、実は達人レベルの人間を相手にしたときはすこぶる危険だ。

気が上方に上がってしまうからだ。体内が虚になってしまう。

その瞬間に、強烈な一撃を食らったらひとたまりもない。
このとき、竜門はその危険にさらされていた。
体勢こそ崩さなかったが、体重が上方に浮いた。つまり気も浮いてしまったのだ。
そこへ村瀬の情け容赦ない攻撃がきた。
ひどく凶悪で、おそろしい質量をもったものが、竜門の側頭部めがけて飛んできた。
竜門は思いきり体をひねり、同時に身を投げ出した。
捨て身しか逃れる術《すべ》はなかった。
ぎりぎりでかわすことができた。
村瀬は、かわされたため、勢いあまって前方に行き過ぎて止まった。
そこでぐるりと振り向く。
「かわした……?」
信じられないという口調で村瀬はつぶやく。
竜門は倒れたまま、同様につぶやいていた。
「やはり、頭突きか……」

「見たか?」

辰巳がやや興奮した口調で言った。「あれが村瀬の殺し技だ」

「何です？　ただの体当たりみたいだけど……」

山田が言う。

確かに、あらかじめ竜門の話を聞いていなかったら、辰巳も見逃していたかもしれない。

それくらいに地味な技だ。しかし、地味な技ほどおそろしいものだ。

「体当たりじゃない。頭突きだよ」

「頭突き……」

「山田、おまえ、喧嘩やったことあるか？」

「そりゃあ、ガキの時分には……」

「頭突《パチ》きくら《クリ》ったことはないか？　ありゃ、素人でもきく。ど素人でも、一発ＫＯ狙えるんだ。そして、村瀬は素人じゃない」

「あ……」

阿比留が言った。「相撲の名人……」

辰巳はうなずいた。

「相撲のぶちかましの要領で……」

自分の耳の上を指でとんとんと差し示す。「ここんところに頭突きをくらわすんだ」

「それさえわかっていれば、こわいことはないですね」

山田が言う。

「どうかな……」

辰巳は竜門と村瀬を見つめていた。一挙一動を見逃すまいとしているのだった。


戦いはまだ続いていた。

竜門は捨て身で村瀬のぶちかましを避けたまま、まだ起き上がらずにいる。

立ち上がりざまがおそろしいと考えているからだった。

通常、相撲は、倒れている相手に対する稽古はしない。立っている状態で戦うのは得意だが、倒した時点で勝負は終わるとされているから、倒したあとのことは訓練されていないはずだ——竜門はそう考えた。

しかし、それは誤りだった。

村瀬は、倒れている竜門に迫り、高々と足を上げた。

竜門ははっとして、反射的に横に転がった。

地響きを立てるような勢いで、村瀬の足が踏み降ろされた。

横に転がりながら、竜門は思った。

(四股《しこ》か!)

相撲の四股は、足腰を練るための鍛練だといわれている。しかし、古武道や伝統的な格闘技では、実際の技と鍛練がいっしょになっている場合が多い。

相撲の四股もれっきとした技だったのだ。それもきわめて殺傷力の強い殺し技のひとつだ。

四股はもともと、『醜《しこ》』のことで、鬼どもを踏み殺す意味あいがあったのだという。

竜門は、そのことを思い出した。

そして、もうひとつ思い出したことがあった。

野見宿禰《のみのすくね》と当麻蹶速《たいまのけはや》の戦いだ。

このとき、野見宿禰は、当麻蹶速の腰の骨を踏み砕いて殺したのだと記述されている。

日本書紀の原文では野見宿禰は「当麻蹶速が脇骨《わきぼね》を蹶《ふ》み折《くじ》く、亦其《またそ》の腰を踏み折きて殺しつ」とある。

つまり、まず肋骨《ろっこつ》に蹴りを入れて倒しておいて、腰の骨を踏み砕いたのだ。

野見宿禰は蹴り技も使ったし、倒れた者への攻撃もしかけていたのだ。

竜門はまだ、大相撲の型にとらわれ過ぎていた。

村瀬が身につけているのは、現在、大相撲として行なわれているものではないのだった。

野見宿禰が身につけていたものに近い。

アクション映画のように恰好《かっこう》よく横転してさっと起き上がる、というわけにはいかなかった。

湿った地面はすべり、石は容赦なく皮膚を傷つけ、衣服を裂く。

その上、地面は暗く、平らではない。実戦と道場の違いはこういうところにもある。

四股を踏むような勢いで踏みつけてくる。倒れていては危険だ。

竜門は、四つん這いになってから、もがくように立ち上がった。

村瀬はやはり、立ち上がった瞬間の竜門に襲いかかった。

やはり、全身でぶつかってくる。

竜門は、またステップで体をかわした。かわしざまに肩を叩いた。

相撲の「はたきこみ」だ。

村瀬は体勢を崩しかけたが、踏ん張ってこらえた。

足腰がおそろしく強い。足腰はどんな格闘技でも大切だが、相撲では特に重視される。

村瀬は踏ん張ったその位置から、また頭を突き出すように突っ込んできた。

その対応の早さに、今度は竜門もよけきれなかった。

胸で村瀬の突進を受ける形になる。

一度体勢を崩してからのぶちかましだから、威力は殺されているはずだった。

竜門はそう思って、まっこうから村瀬を受ける気になったのだ。身を低め、重心を落として受ける。

受け止めたつもりだった。

しかし、あまりの衝撃に、よろよろとあとずさってしまった。

竜門はこれまで、数え切れぬくらいの突きや蹴りをその体に受けてきた。

一撃でしばらく寝込んでしまうほどの威力のある中国武術の掌打《しょうだ》を受けたこともある。

だから、たいていの衝撃には慣れているつもりだった。

だが、村瀬のぶちかましの衝撃は未知のものだった。

膻中《だんちゅう》におそろしい質量の固まりがぶつかった。そのとたんに、肺がひしゃげるような思いがした。

肺のなかの空気すべてを叩き出されたような気分だった。

同時に、太陽神経叢《たいようしんけいそう》と呼ばれる神経の固まりを刺激された。

水月《すいげつ》に当て身して気絶させる時代劇のシーンがよくあるが、その際に利用する神経だ。

ここを打たれると、横隔膜が収縮して、呼吸ができなくなる。

そのあまりのショックで、竜門は一瞬だが意識が遠くなりかけた。

ずるずると押されるのを感じた。

次の瞬間、ふわりと体が宙に浮いた。そして、背と腰にしたたかな衝撃がやってきた。

投げられたのだ。

竜門は、自分のうかつさを呪い始めていた。

相撲に投げ技があるのは当たりまえだ。むしろ、柔道と並ぶ投げの格闘技といってもいい。

その当たりの強さ、ぶちかましや頭突きのおそろしさ、そして、捽角、角抵と呼ばれる古代格闘技の特色に気を取られるあまり、投げ技のことをおろそかに考えていたのだ。

投げ出された瞬間、四股のことを思い出した。

しまった、と竜門は思った。

だが、背と腰を地面に打ちつけたダメージが大きく、動くことができない。

竜門は地面の上で身をよじり、何とか苦痛から逃れようとむなしい努力をしていた。

ダメージがあるとき、人はじっとしてはいられない。もがき、苦しむのだ。

村瀬が足を振り上げる。それが、星空を背景にして、ぼんやり見えた。

さきほどの四股踏みが頭のなかによみがえる。地響きを立てるような踏み込み。

あの勢いで踏み降ろされたらひとたまりもない。頭だろうが腹だろうが胸だろうが、一撃で終わりだ。

(これまでか)

竜門は一瞬、そう思った。

村瀬の足が振り降ろされる。

そのとき、竜門の体に、新たな力が湧き上がった。

本物の死の恐怖にさらされ、最後の活力が生み出されたのだった。

アドレナリンの濃度が急に高まり、苦痛を麻痺《まひ》させた。

体が動く。

竜門は、夢中で横に転がっていた。

村瀬は、さらに、二歩、三歩と追って、踏みつけてくる。

竜門は、この最後の活力がどれほどもつのか不安だった。このまま逃げ続けているわけにはいかない。

竜門は、あおむけになった状態から、咄嗟に足を振り上げていた。

片方の足と、両方の肘《ひじ》で体を固定して倒れた状態から振り上げる回し蹴りだった。

これは村瀬の不意をついた。

靴の爪先が村瀬の脇腹に命中した。あばらを打った。

「ぐう……」

村瀬は苦痛のうめき声を洩《も》らして動きを止めた。

竜門は、その隙に、さらに遠くへ横転していき、起き上がった。

あおむけの状態からの回し蹴りは考えて出した技ではない。体が勝手に動いたのだ。

竜門はそのことに自分で驚いていた。こういう特殊な技は、そうしょっちゅう練習するものではない。

若い頃に何度か練習したのを、体が覚えていたのだ。

村瀬は脇腹を押えている。

威力のある蹴りではなかった。あくまでも相手の不意を衝き、死中に活を求めるための技なのだ。

そのために、決定的なダメージを与えることはできなかった。

だが目的は達した。生きのびることができたのだ。

村瀬の自信がゆらぎ始めたようにも見える。

このとき、竜門は、大切なことを思い出した。

どんな場合も、自分の技で戦うしかないのだ。竜門は、村瀬の珍しい格闘技にこだわるあまり、自分の戦いかたを忘れていたのだ。

彼は思った。

(今度こそ、本当に仕切り直しだ)

村瀬と竜門はあらためて対峙《たいじ》した。

18

竜門は、珍しく右足を引いた。

そして低く構える。

村瀬は、さきほどとまったく同じ構えだ。村瀬の気迫に衰えはない。

奇妙な角度から回し蹴りをくらった戸惑いもすでに振り払ったようだった。

彼のこの強靱《きょうじん》さを支えているのは、一種の狂気であることを、竜門は知っている。知っているだけに、これはつらい戦いでもあった。

竜門が右足を引き、低く構えたのは、勝負は一撃で決まると判断したからだ。

右の一撃を最大限に利用するにはこの構えがいい。

空手で逆突きを出すための構えであり、ボクシングで、リア・ストレートを打つための準備と共通している。

つまり、左前に構えるというのは、右の攻撃を生かすという工夫の産物だ。その理論が百パーセント正しいとはいえない。

力が強く、器用なほうの手を前に出していたほうが実戦的だという考えかたもある。

竜門はどちらかというと、そちらの考えかたをする。だから、たいていは右前に構える。

しかし、やはり一撃に最大限の威力を込めようとすると、利き腕のほうを後方に引いておいたほうがいい。

竜門は遠い間合いを取った。

通常、竜門は接近戦を得意とする。右手右足を前に構えるのはそのためでもある。伸ばせば相手に手が届くような距離だと、余計に前にしたほうの手が重要になってくるからだ。

空手家や拳法家を相手にした場合、遠い間から、いかに詰めていくかの勝負になる。いってみれば将棋と同じだ。

自分の勝ちパターンに持ち込むために、どこまで間合いを詰めるか。

あるいは、相手にどうやって手を出させ、また、その技をいかに封じるか――一手を出すまえに、そうした間合いの攻防が行なわれるのだ。

しかし、村瀬は動かなかった。

パンチにも蹴りにもインパクトのポイントというものがある。

そのポイントを外せば威力が半減する。それ故に、間合いの理が成立するのだが、村瀬のぶちかましには、そうしたポイントはない。

体の質量すべてを一気に叩きつけてくるからだ。

竜門は、低く構え、村瀬の突進を待った。したたかに投げられたダメージはまだ残っている。

胸にくらった頭突きの影響もある。息がつまるような感じがするのだ。胸骨を強打したせいだ。

人間の体というのは、たとえ骨に異常がなくても、いろいろな支障が起こるものだ。胸骨は、東洋医学的に言うと膻中のツボということになる。

膻中は中段最大の急所だ。中丹田と呼ばれる気のバッテリーなのだ。

あと一撃、胸にくらったら、どうなるかわからなかった。

悪くすれば死ぬかもしれない。

動けなくなることは確かだ。そして、倒れたら、あの四股踏みで、踏み殺される。

一瞬にすべてをかけるしかなかった。

竜門は、さきほどと同じく、押していた気を、す、と引いた。

村瀬は誘いには乗らない。

竜門はさらに気を引く。

そのまま、数秒。

村瀬の口から、しゃあ、という声が洩れた。

彼は突進してきた。両肘《りょうひじ》を脇につけ、低い姿勢で突っ込んでくる。

その瞬間に、竜門は引いていた気をぐっと戻した。

その気当たりを平然と突き破って村瀬は頭を突き出してきた。

竜門は左のてのひらを差し出していた。その手の甲が村瀬の側頭に触れようとする瞬間、前後の足を踏み違えた。

その一瞬の旋回を、身のねじりで増幅する。

増幅された回転の力——角運動量を、右の振り猿臂《えんぴ》にすべて伝えた。

肘が水平に一閃《いっせん》する。

竜門は、自分の左のてのひらに、肘を叩き込んでいた。

そのてのひらの甲は村瀬の側頭部に当てがわれている。

てのひら越しに、強烈な振り猿臂を見舞ったのだ。

ぐらりと村瀬の体は傾いた。

そのまま勢いよく、竜門の脇を駆け抜ける。足がもつれた。

さらに、体が傾き、村瀬はひっくり返った。

倒れたまま動こうとしない。

竜門は立ち尽くしたまま、その様子を凝視している。本来ならば、決め技で相手の動きを封じるべきだった。

だが竜門は動けなかった。

一瞬に激しく神経を集中させたのだ。その反動で、頭のなかが真っ白になっているのだった。

村瀬はうつぶせのまま、まだ動かない。

彼は、竜門の猿臂で脳震盪《のうしんとう》を起こしているのだった。

左手でカバーしなければ、頭蓋骨《ずがいこつ》が砕けていたかもしれない。猿臂というのはそれほど強力な技だ。

竜門が左手を当てがったのは、安全のためばかりではなかった。

古流柔術にこういう打ち技がある。直接打つよりも、てのひら越しに打ったほうが衝撃が大きく深部まで伝わるのだ。

村瀬が、脳震盪を起こして倒れたのも、猿臂の衝撃が、頭部の奥深くまで浸透していったからだった。

竜門は大きく深呼吸をした。

ひとつ、そしてまたひとつ。最初は呼吸が震えた。だが、ようやく落ち着いてきた。

彼は村瀬に歩み寄った。

「立てるか？」

村瀬の体がぴくりと動いた。

彼は、ひどくゆっくり手足を動かすと、おそるおそる上体を起こした。

そこで頭を振ると、ようやく立ち上がった。

彼は竜門の顔を見ていた。

「たまげたな……」

彼は、それだけつぶやいた。

そのとき、竜門は、うしろに気配を感じて振り返った。

高田が立っていた。

「殺したんじゃなかったのか……」

高田が言った。「そいつを殺してくれたんじゃなかったのか……」

竜門はこたえたくなかった。

「冗談じゃない……」

「くそっ！」

高田はいら立たしげにそう言うと、懐から、ホテルのタオルにくるまれた細長いものを取り出した。そのタオルをくるくるとはぎ取る。

包丁が現れた。包丁の刃は、月の光を受け、青白く光った。

竜門は、冷やかに包丁を持った高田を見ていた。

村瀬も似たような表情だった。だが、彼の眼には憎しみの色があった。

「殺してやる！　今度こそ、殺してやる」

高田は熱に浮かされたように言った。

「そう」

村瀬が言う。「三十年まえも、そうやって自分で俺を始末しようとすればよかったんだ」

村瀬が身構える。

もう竜門は間に入る気をなくしていた。

「死ね！」

高田が包丁を突き出しながら、村瀬にぶつかっていった。

村瀬は右に飛んだ。かわしざま、左の足で高田の足を払っていた。

『けたぐり』だ。

高田はその一発でもんどり打ってひっくり返った。

「くそっ！」

高田があわてて起きようとする。

「そこまでだ、高田さん」

そういう声がした。

辰巳の声だった。辰巳たち三人の刑事が駆け寄ってきた。

辰巳は言った。

「殺人未遂の現行犯で緊急逮捕します」

高田は何を言われたのかわからない様子で辰巳を見上げた。

村瀬も不思議そうな顔で辰巳を見ている。

竜門ひとりが、不愉快そうに、小さくかぶりを振っていた。

辰巳がもう一度言った。

「高田さん。あなたを、殺人未遂の現行犯で緊急逮捕しますよ」

パトカーがやってきて、高田は厳原署に連行された。

彼は、弁護士に会うまで一言もしゃべらないと言明し、事実、それを押し通すつもりでいるようだった。

別の車に、村瀬が乗せられるところだった。辰巳が同行しようとしている。

「ちょっと、いいですか?」

竜門は言った。

「ああ、何だい先生……」

「村瀬さんに、あの格闘技をどこで学んだか訊いてみたいのです」

辰巳は無言で村瀬の顔を見た。

村瀬は言った。

「じいさんや父親に習った……。相撲の秘伝だと言っていた。昔から、うちだけに伝わってるとじいさんは自慢げだった」

「そうですか……」

「もういいかい、先生」

「ええ……」

「やっぱり、古代の相撲なのかい？」

「間違いありません。捽角《そうかく》、あるいは角抵《かくてい》……。そんなものがひっそりと人知れず伝わっている……。でも、この島なら不思議はない気がしますね」

辰巳は、そうだな、と曖昧につぶやいて車に乗った。

竜門は別の警官に連れられ、警察署に向かわねばならなかった。

事情聴取を終えた竜門は、ひとりで警察署を出ようとしていた。うしろから辰巳が声をかけてきた。いっしょにホテルへ帰ろうという。山田は署に残るとのことだった。

「村瀬はどうなるんでしょう」

竜門は言った。

「さあな」

辰巳は知らばっくれているようでもあった。「だが、自分がやったことの責めは負わねばならん」

「では、高田は？」

「裁かれるさ」

竜門は黙ってうなずいた。

沈黙が続いた。

竜門が言う。

「徹底的に利用された気分ですよ」

「ああ、先生、その件については一言、言っておきたい。あまり無茶をしちゃいかんな」

「信じられん言い草だ……」

やがて、ホテルに着いた。

「先生、祝杯を上げよう」

「祝杯……?」

「いや……、ねぎらいの杯だ」

「いいでしょう」

「真理ちゃんも呼ぶぞ」

辰巳はフロントに行って電話をした。

十分ほどすると、真理が降りてきた。真理が言った。

「おいしい店があるんですって。そこ、行きましょうよ!」

三人はホテルを出て歩いた。橋を渡り、細い通りをさらに進むと、カウンターと、小上がりがあるだけの小料理屋に入った。

その店は小さいが、味はとびきりだった。

「ようやく食事らしい食事にありつけた」

辰巳がぐっとビールを干して言う。

「ね、先生」

真理が言った。「お休みはあさってまであるんでしょう？　明日はゆっくり観光しましょうよ」

「そうだな……」

「それがいい、先生。ふたりで楽しむことだ」

「ふたりで……？　辰巳さんは？」

「俺は村瀬を護送しなくちゃならん。そのあとは、高田を移送するための手続きだ」

「いいじゃない、先生。ふたりだって」

「よくはない。問題だ」

「問題なのは」

辰巳が言う。「ふたりきりになることじゃなく、先生のそういう態度のほうだと思うがな」

「あんたたちにはかなわんな……」

竜門はそうつぶやいて、ビールをあおった。

この作品は1993年6月徳間書店より刊行された『鬼神島 拳鬼伝3』を改題しました。

徳間文庫

渋谷署強行犯係

宿《しゆく》闘《とう》

2009年3月15日 初刷
2022年4月10日 9刷

著者 今《こん》野《の》 敏《びん》
発行者 小宮英行
発行所 株式会社徳間書店
東京都品川区上大崎三−一−一 〒141−8202
目黒セントラルスクエア
電話 編集〇三(五四〇三)四三四九
販売〇四九(二九三)五五二一
振替 〇〇一四〇−〇−四四三九二
印刷 本郷印刷株式会社
製本 ナショナル製本協同組合

ISBN978-4-19-892942-8 (乱丁、落丁本はお取りかえいたします)